漁港の肉子ちゃん

西加奈子

幻冬舎

漁港の肉子ちゃん

イラストレーション　西 加奈子
ブックデザイン　鈴木成一デザイン室

肉子ちゃんは、私の母親だ。

本当の名前は菊子だけど、太っているから、皆が肉子ちゃんと呼ぶ。

肉子ちゃんは、38歳。7月3日生まれ、蟹座のA型だ。同じ誕生日の人は、池乃めだかとトム・クルーズ。酔っぱらうと、いつもふたりの名前を出して、ひとりで大笑いするものだから、私も覚えてしまった。肉子ちゃんいわく、

「めだかも、トム・クルーズさんも、うちも、背低いねん！」

めだかは分かる。でも、トム・クルーズさんも背が低いなんて、知らなかった。肉子ちゃんは、151センチ、体重は67・4キロある。

「憩《151》い、空《674》しい、やで！」

肉子ちゃんは、こうやってなんでも、語呂を合わせるのが好きだ。人の携帯番号を聞いたときや、参観日の日にちを伝えたときなんか。中には、

「3月4日、さぁよろし、やな！」

3とか4とか6とか、ややこしくしてしまったり、

「8812、葉っぱ一枚アル、やな！」

急に中国語を使ったりする。

漢字の話をするのは、もっと好きだ。でも、

「けものへんに交わるって書いて、狡《ずる》い、て読むのやから！」

こんな具合だから、戸惑う。

「自《みず》ら大きいって書いて、臭《くさ》いって読むのやから！」

何が言いたいのか。

肉子ちゃんの話し方は、いつも語尾に「！」とか、ひどいときは、「っ！」がつく。アパートに住んでいたときは、よく隣や下の人から「五月蠅《うるさ》い」と苦情が来た。酔っているときの肉子ちゃんは強気で、「生活音ですやんっ！」と、逆にすごむので、いつも、ハラハラさせられた。

肉子ちゃんは、関西の下町で生まれた。兄が二人いたということだ。でも、家族のこと

は、あまり話さない。だから私は、自分の祖父や祖母、伯父にも、会ったことがない。

肉子ちゃんは16歳で大阪に出て、繁華街のスナックで働いた。

今は、北陸の小さな漁港に住んでいる。

大阪のスナックからこの漁港までの紆余曲折は、なかなか糞。肉子ちゃんの男性遍歴が、本当にくだらないのである。

ミナミのときに出逢ったのが、カジノのディーラーだった。

とても背が高くて、影のある男だった、と、肉子ちゃんは言う。肉子ちゃんの言う「影」って、色気とかそういうことではなくて、ダイレクトに「悪いこと」に繋《つな》がっている気がする。肉子ちゃんが「影があって……、素敵やん！」と言った芸能人が、のちのち、何らかの事件で逮捕されたことが、3度ほどあるし、「うわ、あの人かっこいい！」と言った人が、掲示板に貼られた指名手配の写真だったりして、ヒヤヒヤする。

ディーラー男は、ある日失敗して、店に多額の借金をした。カジノの営業自体が違法だから、返済の条件も取り立てのやり方も、ひどかった。

結局、肉子ちゃんに肩代わりをさせて、男は逃げた。肉子ちゃんは途方に暮れる間もなく、死ぬ気で働いて、借金を返したらしい。この「死ぬ気」の部分は、お喋《しゃべ》りな肉子ちゃんが、珍しく、決して語らないところだ。

当時の肉子ちゃんの写真を、見たことがある。

険のある、言うなれば、インドの犬みたいな顔である。なのに太い。隣には女の人がいて、その人が、とても綺麗だから、余計に、肉子ちゃんの不細工さが目立った。同僚、と肉子ちゃんは言ったけれど、同僚、と呼ぶような職場ではないな、と、写真を見て、すぐに分かった。

借金を返済した肉子ちゃんは、名古屋へ向かった。お世話になったスナックのママが、地元に帰って店を開くというので、ついていったのだ。27歳。ボロボロだった。

名古屋では、栄《さかえ》のスナックで働いた。そこで出会ったのが、店でボーイをしていた自称学生だ。自称学生男は、学費を稼ぐためにやむなくこの仕事をしているのだ、と肉子ちゃんに言い、大阪を離れて心細かった肉子ちゃんの、共感と愛情を、いっぺんに頂戴《ちょうだい》した。

もちろん嘘だった。

自称学生男は、まんまと肉子ちゃんの家に転がり込み、学校に行くフリをして昼間から麻雀、パチンコ、夜は肉子ちゃんから巻き上げた金でキャバクラ、風俗にいそしんだ。

つまり糞野郎だった。

「坊主やったから、ほんまに学生やと思ってん！」

信じられない。そもそも、坊主頭が、学生のイメージになるのって、戦前や、学徒動員とか、そのあたりのことなのではないか。

自称学生男は、肉子ちゃんが出勤している間に、馬鹿っぽい女を連れ込んでいた。肉子ちゃんがそれに気づいたのは、8人目の女のときだ。肉子ちゃんは、自称学生男を家から追い出した。そして結局、名古屋を離れた。30歳。ボロボロだった。

肉子ちゃんが次に向かったのは横浜だった。東京を避ける肉子ちゃんの気持ちは、よく分からないけれど、結局、肉子ちゃんは伊勢佐木町《いせざきちよう》のスナックで働き始めた。

新たな気持ちで仕事に励む肉子ちゃんの前に現れたのが、客のサラリーマンである。肉子ちゃんはまた、その男のことを、簡単に外見で判断した。

「七三分けにしてはるから、真面目な人やと思ってたん！」

肉子ちゃんが読んできた漫画や、見てきたドラマって、何なのだろうか。

案の定、サラリー男《おとこ》には、奥さんも子供もいた。肉子ちゃんには、夫婦仲は冷え切っているものだし、子供が小学校にあがる頃には別れる、と言っていた。もちろん嘘だった。

つまり糞野郎だった。

ある日、サラリー男は、妻に別れを切り出したが、慰謝料が必要なので金を貸してくれ、と言ってきた。はは、始まった。でも、肉子ちゃんは懲りないお人よし、サラリー男のことを心底信じていたので、貸した。最初は50万。次は70万。あとは覚えていない。

何度目のことか、３００万を都合しているとき、サラリー男に新しい子供が出来たことを知った。肉子ちゃんは逆上し、男の住んでいる家に乗り込んだ。でも、サラリー男の家の前、肉子ちゃんは、玄関にある子供用の自転車を見たのだった。肉子ちゃんはあっさり、踵《きびす》を返した。

「子供には、罪はないからな！」

肉子ちゃんは、優しいのである。でも、

「目が非って書いて、罪って読むのやから！」

それは何だ。

そしてとうとう、東京に向かったのである。33歳。ボロボロだった。

東京では、二度と悪い男には引っかかるまいと決意を新たに、スナックで働くことをやめたのだそうだ。肉子ちゃんはそう言うけれど、単に、肉子ちゃんを雇う店が、なかったからではないかと、私は思っている。

肉子ちゃんは、お惣菜屋で働くことになった。そしてたちまち、新しい男を好きになった。肉子ちゃんには、悪い男を引き寄せる磁石のようなものが、ついているのだ。

今度の男は、「自称小説家」だった。私は今まだ、たった11歳だけど、「自称」という人は信じないようにしている。なのに、肉子ちゃんって、人の言うことは、その人がどんな胡散《うさん》臭い風貌《ふうぼう》であれ、簡単に信じてしまうらしい。

「眼鏡かけてはったからな、ほんまやと思ってん！」

ここまでくると、もう、なんかすごい。

自称小説家男は、一応、本当に小説家を目指していたようだ。「書けない」と言っては肉子ちゃんの店に来て、愚痴をこぼしていった。惣菜屋で愚痴をこぼす小説家志望の男って、劇的に鬱陶《うっとう》しいと思うのだけど、肉子ちゃんは、優しいのである。熱心に話を聞いてあげ、結局、「芸術家として苦悩している」自称小説家男を、助けてやりたい、と思うようになったのだ。

その男は、肉子ちゃんの家に、やっぱり転がり込んできた。小説を1枚も書かないいま、肉子ちゃんの金を使って、とかく本ばかりを増やした。

つまり、糞野郎だった。

ただ、その男はどうやら、本当に肉子ちゃんのことが好きだったみたいだ。他の男のように、女の人と遊んだりしなかったし、私が覚えている限り、その男が家の外に出ることは、ほとんどなかった。

それで、肉子ちゃんはその自称小説家男を、ことのほか大切にしたし、私も、その男のことは、他の男ほど嫌いではなかった。何より、その男の買ってくる本が、好きだった。

大人しか読まない、難しい本だと言われても、知らない漢字だらけでも、文字を追っているのは楽しかった。文字に没頭できるその数時間は、私の、結構ろくでもない生活の中の、小さくて、でも、確実な光だった。

熱心に本を読む私を、自称小説家男は、時々、満足そうに見ていた。私は心の中で、なんとなく、私達3人は、ここでこうやって、ずっと生きていくのかなと思った。生まれて初めて、思った。

でも、ある日、自称小説家男は、故郷で死ぬ、と、書き置きを残して去った。

やっぱり、糞野郎だった。

そのやりくちも、どこかで読んだ話っぽいな、と、私は大いに鼻白んだけれど、肉子ちゃんは、血相を変えた。そういうドラマティックな部分にも、ほいほい「乗って」あげられるのが、肉子ちゃんなのである。

幼い私の手をひいて（その頃には私は、手なんてつないでもらわなくてもいいくらいに大人だったのだけど）、北陸を目指す、という状況も、気に入ったのかもしれない。車中では、あろうことか、スカーフでほっかむりまでしていた。いつの時代のつもりか。

でも、残念ながら、肉子ちゃんは、ほっぺたがぷんぷんで真っ赤、福々しい顔をしているので、全然悲壮感が伝わってこなかった。一番大きなマトリョーシカみたいだった。心配で心配で、いてもたってもいられなかったのは、真実だろうけど、お腹が減るのは我慢が出来なかったみたいだ。駅弁を、4つも食べた。

「心や酉に己《おのれ》、と書いて、心配と読むのやから！」

そこは「心を配ると書いて、」でいいのではないか。どうして全部、解体するの。

私は、自称小説家男が置いていった本を読みながら、変わってゆく景色を見ていた。8歳だった。すごく、楽しかった。自称小説家男が、本当に死んでいてくれれば、この本は、すべて私のものになるのだ、と思った。それを望んだ。心から。

この港に着いたのは、冬だった。

雪が降っていた。

雪を見たことはあったけれど、こんな風に、しっかりと、土地に根をおろしている雪を見るのは、初めてだった。私が見ていた雪、東京で見た雪は、ふらふらと頼りなくて、地面についた途端、すぐに消えてなくなった。でも、ここの雪は、はっきりと意思をもって、降るというよりは、降下する、自分達が触れたところはすべて、白く染めてしまおうと、決意しているように、解けねぇぞ、と、叫んでいるように見えた。すごく、強かった。

私は初めて、雪を好きだと思った。

港では、船が揺れていて、ギギ、ギギ、と、鳴いているような音を立てていた。見渡す限り、人はいなくて、私は、世界から取り残されたような気持ちになった。肉子ちゃんも、そうだったのかもしれない。黙って、港を見ていた。果てに来たのだ、と思った。本州には、まだまだ先があると習ったけれど、ここが果てだ、そう思った。

結局、自称小説家男は、見つからなかった。

肉子ちゃんは、過去の僅《わず》かな会話から、自称小説家男の故郷を、北陸の、この港であると推測していただけだった。でも、港中の人間に、男の名前を聞き続けた肉子ちゃんは、自分が縁もゆかりもない土地に来てしまったことを知った。茫然とした。ほっかむりは雪をかぶって白くなっていたし、肉子ちゃんのほっぺたは、落ちる直前の林檎みたいに真っ赤だった。ほとんど漫画である。

土地の人は、優しかった。雪の中、8歳の女の子の手を引いて、いなくなった男の行方を捜す大きなマトリョーシカの噂は、たちまち、港をまわった。とても、小さな街だった。

肉子ちゃんと私は、しばらく、この街にいることにした。

私は、強い雪と、漁港の匂いと、揺れる船を気に入ったし、肉子ちゃんは、港の人の優しさに甘えた。

なけなしの金をはたいて、興信所を頼った肉子ちゃんは、消えていった大金の代わり、自称小説家男が、すすきので違う女と暮らしている、という情報を得た。

肉子ちゃんは、今まで、恋を失うたび、盛大に泣き、盛大に悲しんだ。そういうときの肉子ちゃんを見ると、見たことがない「オペラ」という言葉が浮かんだ。とても、ドラマティックだった。でも、そのとき、肉子ちゃんは、静かに、口角をあげただけだった。

あとから聞いたら、そのときの、港の風景、小さな宿から見えた、白くて、静かな港の風景が、自分の心象と、あまりにぴたりと合っているものだから、笑ってしまったのだそうだ。雪って、港って、すごい。

「雨ヨ、と、書いて、雪と読むのやな！」

片仮名も、使うのね。

肉子ちゃんは、この港で暮らすことにした。35歳。ボロボロだった。

私は嬉《うれ》しかった。自称小説家男の、置いていった本が、光が、すべて、自分のものになったのだ。


肉子ちゃんは、漁港にある焼き肉屋で働いている。

焼き肉屋は、「うをがし」という。けっこう繁盛している店だ。

漁港だからって、みんな魚ばかり食べたいわけではない。観光客が来るような港でもないし、皆、新鮮な魚には、飽きている。私も肉子ちゃんも、初めて魚の刺身を食べたときは、その新鮮さに、ものすごく感動したけれど、毎日食べていると、それが当然のことだから、段々有難さも感じなくなって、たしかに、ああ、やっぱり、肉が食べたいな、と、思うようになった。

肉子ちゃんと私は、「うをがし」の裏の、小さな平屋に住んでいる。店のご主人の所有だ。だから、肉子ちゃんはほとんど、住み込み店員なのである。家賃は格安。給料から引かれることになっている。採用の唯一の条件が、私も、肉子ちゃんも、決してお腹を壊してはならぬ、ということ。全く違う原因からだとしても、私たちがお腹を壊したら、「うをがし」の肉が疑われるからだ。この街は小さいから、すぐに噂が広まってしまう。

私も肉子ちゃんも、お腹は丈夫だから、その点は安心だった。

「うをがし」のご主人は70過ぎのお爺ちゃんで、サスケさんという。肉子ちゃんは、サスケさんのことを、サッサンと呼ぶ。いつの間にか、その呼び方が皆にも浸透したけれど、皆の呼び方と、肉子ちゃんの呼び方は、イントネーションが違う。肉子ちゃんが言うサッサンは、ふたつめのサに軽く力を入れる。でも、皆のは、最初のサに力を入れる。肉子ちゃんの呼び方は、いかにも大阪、という感じなのである。

私は、肉子ちゃんの、どこに行っても大阪を捨てない、ていう頑《かたく》ななスタイルが、好きじゃない。浅ましい。元々大阪出身でもないし、ややこしい過去がたくさんあって、その大阪でさえ捨てたようなものなのに、どこに住んでも、「大阪でいうところの」という話をする。例えば、山手線《やまのて》のことは、「大阪でいうところの環状線や！」、横浜の、在日韓国人が多い街のことは、「大阪でいうところの、鶴橋《つるはし》みたいなもんや！」、そんな風に言うのだ。

私は、違う。

ここに来たときから、土地の言葉を、きちんと使っている。土地の言葉といっても、女の子は、標準語と少しイントネーションが違う程度だから、楽勝。その代わり、男の人達の方言は、とてもキツい。今でも、サッサンが何を言っているのか、いまいち分からないときがある。肉子ちゃんの前では大阪弁の私を、サッサンは「バイリンガルだ」と言う。

サッサンの奥さんは、私と肉子ちゃんがこの街にやってくる一年ほど前に、亡くなった。子供もいなくて、夫婦だけで経営してきたから、サッサンは、孤独に絶望して、「うをがし」を畳もうとした。

そこに現れたのが、肉子ちゃんだった。

サッサンは、肉の神様が現れた、と思ったらしい。

肉子ちゃんを雇うようになって、「うをがし」は、より繁盛しだした。肉子ちゃんって、大げさな大阪弁と同じように、良くも悪くも、人を惹《ひ》きつける力があるのだ。こっちに来てから、恋人も、ふたり出来た。ふたりとも漁師で、「うをがし」のお客さんだったけれど、ひとりは借金を背負い、遠洋漁業で遠くに行ってしまって音信不通、もうひとりは、実は結婚していた。

ふたりとも色が真っ黒で、大酒飲みで、いかにも「女にだらしない」という風貌だった。女を何人抱いたか、みたいな話を、私や他の子供がいる前でもするので、サッサンは、ふたりのことをすごく嫌っていて、でも、店に来るのを止めはしなかった。港には、閉鎖的だけれど、なんだかんだ人を包んでしまうおおらかさ、のようなものがあって、サッサンは、その空気を体現した人だった。

皆、肉子ちゃんがふたりのどういうところを好きになったのか分からない、と言った。でも、私は、肉子ちゃんの過去の遍歴を知っているから、ものすごく理解出来た。

ある日、男の奥さんが、「うをがし」にその男を連れて乗り込んできた。私はそのとき、家にいたから、どんなことになっていたのかは、知らなかったけれど、知らないでよかった。サッサンに聞いたところによると、「あれこそまさに修羅場」だったらしい。

肉子ちゃんは、「男を寝とった泥棒豚」と呼ばれたそうだ。どれほど興奮していても、肉子ちゃんの風貌を見て、きちんと「猫」と「豚」を使い分ける奥さんは女だな、と思った。感心した。

肉子ちゃんは、罵《ののし》られ、ぼこぼこにどつかれている間も、男が、自分は独身である、と自分を騙《だま》していたことを、言わなかった。男は肉子ちゃんにひっそりと感謝をし、のちのち、真実を知った奥さんは、男を捨て、結局、肉子ちゃんと仲良くなった。大人って、特に女って、よく分からない。

お腹を壊しただけで、噂が広まる街で、あんな「修羅場」を繰り広げたのだから、肉子ちゃんはしばらく、有名人だった。学校でも、「あの漁港の肉子ちゃんの娘」だ、と言われたし、興味津々に「どんなだったの」と聞かれたこともある。私はそのとき、自分の人生が、10歳にも満たない今終わった、と思ったけれど、その騒ぎも、いつの間にか収まった。サッサンに聞けば、この街では、そういう色恋の噂が絶えないそうで、皆「修羅場」的なものには、慣れているらしい。

誰々のお母さんが、誰々のお父さんの昔の恋人とか、昔の結婚相手同士が仲良く酒を飲んでいるとか。街が狭いから、すぐに広まるし、後ろ指を差されることも多いのだけど、結局は共同体の形のない繋がりの中に、溶けてしまうのだ。ずっと都会で暮らしてきた私からすれば、そういう感じは、全然理解出来ない。肉子ちゃんは、結局「不倫相手の奥さんと仲良くなった明るいデブ」くらいの感じで、皆に認識されていて、それはそれで、ほっとしている。

元凶の男も、たまに「うをがし」に来るし、肉子ちゃんも、「久しぶりやなぁ！」などと軽口を叩く。肉子ちゃんって、本当に馬鹿なのじゃないか、と、そういうとき、思う。

悪い男を見つける磁石は、最近は休止しているようだ。もう1年くらい、何も起こっていない。そもそも、こちらに来てから、男の人を家に連れてくることがなくなった。思春期が近づいた私に、今さら、遠慮しているのかもしれない。

肉子ちゃんは、どんどん太ってきている。私は、肉子ちゃんの体から、脂肪の代わりに、「女」みたいな部分がどんどんなくなっていっているように思う。

本当は、「女」というのがどういうものか、分からないけれど。

私は、とても可愛いと言われる。

目がくるみのような形をしていて、大きくて、瞳の色が少し薄い。鼻は小さく尖《とが》っていて、薄い唇は、淡い桃色をしている。髪の毛は何もしていないのに少し茶色、パーマを当てたみたいに、くるっと巻いている。肌は貝殻の裏みたいな透明な白で、手脚が長い。一番太い部分がひじとひざで、つまりすごく痩《や》せていて、髪が短かったときは、よく、ハーフの男の子に間違えられた。

今までいろんなところを転々としてきたけれど、一度もいじめられたことはない。「漁港の肉子ちゃんの娘」だと言われたときも、結局いじめられなかったのは、もしかしたら、この容姿のおかげかもしれない、と思うことはある。

肉子ちゃんも、私のことを、手放しでほめる。皆に堂々と自慢をするから、恥ずかしい。

「キクりんは、ほんまに可愛いやろっ！」

実は、私の名前も「きくこ」なのである。でも、字が違う。肉子ちゃんは「菊子」で、私は「喜久子」。親子で同じ名前なんて変だって、今まで住んだ町では、みんなが言った。でも、ここでは、肉子ちゃんと私が、同じ名前だということを覚えている人は、ほとんどいない。

肉子ちゃんは、生まれながらに「肉子」であったような佇《たたず》まいをしている。

それにしても、キクりんって呼び方には、閉口である。肉子ちゃんって、本当にセンスがないのだ。そしてその、センスのなさは、言語に限ったことではない。

例えば、今日の肉子ちゃんの格好は、こんなだ。

ぶかぶかのTシャツには、ベティちゃんのパクリみたいな女の絵。蛍光っぽいタイダイ柄のパーカーをはおって、ジーンズの「模様」が描かれたスパッツを穿《は》いている。ご丁寧に、お尻のところに破れたポケットのプリントまで。足元はサボっぽい木のサンダルで、頭の上に大きなお団子、前髪を、薄く、薄くおろしている。

この、前髪をおろす作業が、本当に鬱陶しいのだ。

一度ひっつめて結んでから、くしでわざわざ、2、3本を垂らす。くしを通している肉子ちゃんは、ぶふん、ぶふん、と、鼻息荒く、洗面所をつかの間占領してしまう。肉子ちゃんなりに、最適な量があるみたいだ。でも、少しだけ垂れていて、挙句、虫の触角みたいにぴよんと巻かれている前髪の効用が、私には、全く分からない。ださい、と、言うのさえ、もったいない。

家には、恐竜の足の形のスリッパがあったり、猫の肉球が一面に描かれた布団があったり、世界の国旗柄のパジャマがある。タンスの上には、「100万円貯まる貯金箱」が置かれていて、床には、半分空気の抜けた、バドワイザーの起き上がり人形がある。

朝、目が覚めて、コミカルな達磨《だるま》模様の布団を見ると、ゲンナリする。こんなもの、どこで売っているのか。肉子ちゃんは、だめな男を吸い寄せるように、ださい何かも、ばんばん手に入れてくるのだ。

今朝は、そのひどい格好に、昔の泥棒が持っているような唐草模様のリュックを背負おうとしたから、全力で止めた。

私は幼稚園の年長のときから、自分で服を選ぶようにしている。今より脳みそは、うんと小さかったけれど、肉子ちゃんのセンスがとんでもないということは、ひしひしと分かっていたのだ。

「キクりんは、なんでそない、そっけない服を好むのやろうなぁ！」

藍色《あいいろ》のスカートや、シンプルな白のブラウスを見て、肉子ちゃんは不思議そうな顔をする。肉子ちゃんの「不思議そう」は、おでこに「ふしぎ」と書いてある。分かりやすい。

「こんな可愛らしいんやから、もっとフリフリのん着たら似合うやろうになぁ！」

頼みもしないのに、肉子ちゃんが満を持して買ってくる私の服は、ピンク色のレースのワンピースだったり、カラフルなハートだらけのパーカーだったりするから、たまったものではない。

クラスには何人か、「そういう」服を好む子はいる。似合う、似合わないにかかわらず、繊細なレースや、可愛らしいチェック柄は、確かに皆の注目を集める。5年生って、まだまだ子供だもの。

でも、のちのちのことを考えたら、絶対にシンプルな服を着ておくに限る。今は可愛いデザインだと思っていても、将来はどうなることか分からない。よく、テレビで、芸能人が昔の写真を出されて、皆の笑い者になっている。大抵笑われているのが、その洋服だ。

肉子ちゃんも、テレビを見て、

「えらい服着てはるなぁっ！」

と、大笑いするけれど、よくも笑えるな、と思う。過去どころか、現在進行形で、おかしな服を着ている肉子ちゃん。

肉子ちゃんの子供の頃の写真は見たことがないけれど、どこに隠してあるのかは知っている。私はそれを、見ないようにしている。


マリアちゃんと一緒に下校していると、男の子達が、後をつけてきた。

下駄箱で靴に履きかえていたときから、その3人の男の子たちが、チラチラと、こちらを見ているのが分かった。隣のクラスの子だ。

「見て、あの子達、こっち見てるよ。嫌らぁ。」

マリアちゃんはそう言ったけれど、どこか、嬉しそうだった。

マリアちゃんは、ポニーテールにした髪に、ピンク色のシュシュをつけている。ワンピースも、それに合わせたピンクのドット模様で、レースの靴下に、靴は、ぴかぴかと光る、白のストラップだ。私は、Tシャツに、ベージュのスカート、白い靴下と、黒のスニーカー。私とマリアちゃんが友達だなんて、誰も思わないだろう。

「あの子達、2組の二宮と、桜井と、松本らよ。」

上目づかいで、男子を見て、マリアちゃんは、そっと耳打ちしてきた。マリアちゃんの髪は、いい匂いがする。甘い。

マリアちゃんの大きな家は、昔から、ここいら一帯を仕切っていた、網元だったそうだ。マリアって名前だけど、きちんと日本人で、漢字は真里亜。どうしてそんな名前をつけるのか、マリアちゃんの家に行けば、すぐに分かる。

マリアちゃんの家は、漁港を拝める、ちょっとした高台にあって、突然の洋館である。港に戻ってきた船から見える場所にあるから、たくさんの鰺《あじ》や鰈《かれい》を積んだ漁師たちからすれば、白亜の豪邸は、視覚が歪《ゆが》むほどの、迫力があるらしい。

「港が近づいて、あの城が見《め》ーると、俺ったが積んでんがん鰺やらなんやらられて、ロブスターらのムール貝なんらねっかと思うんらて。」

ゼンジさんが、肉子ちゃんにそう言っていた。

ゼンジさんは40歳くらいの漁師さんで、船の名前は「やまと丸」という。いつも真顔で冗談を言うから、たまにそれが冗談なのかどうなのか、分からないときがある。

「ロブスターってて っ!」

肉子ちゃんは、信じられないほどの大笑いをしていた。体を折り、床にくずおれた。でも、調子に乗ったゼンジさんが、

「俺もセーラー帽かぶってたりしてな。」

と言っても、そこは、ほほ、と、反応が薄かった。どうやら、ロブスター、という言葉の響きだけが面白かったようだ。その晩、肉子ちゃんは、冷蔵庫に貼ってあるホワイトボードに、笑いながら「ロスブター」と書いていた。でも、数日経《た》ったら、

「キクりん、ロスブターって何やっけ! 買う物?」

と、真顔で聞いてきた。

「ロスブターやなくて、ロブスターやで。」

と言うと、ほほ、と、やっぱり薄かった。

私はロブスターを食べたことがない。ロブスターだけじゃない。

「グレービーソースをかけたTボーンステーキ」も、「バニラ・ファッジ」も、「ピーカンナッツ」も、「ルーバーブのパイ」も、食べたことがない。

外国の本に登場する、見たこともない食べ物達が、私は好きだった。その姿を想像して、いつも、うっとりした。形も匂いも、全く見当がつかないけれど、その食べ物達の

「響き」が、私は好きだった。その時間は、自分を囲んでいるださい達磨や、ださい恐竜の足や、ださい貯金箱を、忘れることが出来た。

マリアちゃんは、きっと、ロブスターを食べたことがあるだろう。毎年、夏休みになると、お父さんとお母さんと、海外に行くと言っていたもの。去年は、イタリアに行ったそうだ。マリアって名前も、外国人に覚えてもらえるように、お母さんがつけたのだって。お母さんは、いつも、ピカソの絵柄のワンピースとか、ソフトクリーム模様のスカートとか、奇抜な格好をしている。センスも遺伝するのだ。

イタリア旅行の写真を、マリアちゃんは学校に持ってきて、クラスのみんなに自慢していた。自慢の仕方が下手だ。ものすごく大した写真を出すときに限って、「大したことないんだけどー」を連発するのだ。最初の興奮とは打って変わって、皆の心がマリアちゃんの写真から離れていくのを、私はひしひしと感じた。イタリアは素敵なのに、本当に素敵なのに、マリアちゃんの下手くそなプレゼンで、興味を失われるなんて、気の毒な国だ。

「ほら、まだついてくる。やらー。」

「本当だね。みんなマリアちゃんのこと、好きなんじゃない？」

「えー、やらー。やーらー。」

松本、という名前だったっけ、あの、緑のキャップをかぶった男の子は、一昨日、渡り廊下のところで、「自分、靴、何色ら?」と聞いてきた。「黒だよ」と言うと、「そう思ったー!」と言って、走っていった。

桜井、という細い男の子は、先月、私の家まで来たらしい。肉子ちゃんがそう言っていた。どうしてか聞くと、珍しい貝を見つけたから、とのことだった。貝は、浜ならどこにでも落ちているものだった。

二宮、という男の子は、今日初めて見た。学年2クラスしかない学校で、今さら知らない子がいることが、不思議だった。

「あんた達、ついてくんなてー。」

マリアちゃんは、ふわふわのワンピースをなびかせている。

「は? ついてってねーろが!」

「俺ら、山にしかも用事あんらてば!」

松本も、桜井も、怒っているみたいだ。二宮は、何も言わない。随分目つきの暗い子である。

結局3人は、すり橋まで一緒だった。すり橋は、本当の名前は琴井橋《ことといばし》、という。街を周回する小さな水路にかかっている、赤い色の橋だ。でも、赤色は錆《さ》びていて、すごくぼろい。渡る度にギシギシいって、ゆっくり、摺《す》り足で歩かなくてはならないから、みんなが

「すり橋」と呼ぶ。

水路には、小さな魚が泳いでいる。あの魚は、淡水でも海水でも生きていける魚なんだと、ここへ来たばかりの頃、サッサンが教えてくれた。だから、獲って食べてはだめなんだって。

淡水と海水両方で生きられる魚を、どうして食べてはいけないのかは分からなかったけれど、サッサンの言うことには、説得力がある。町から出たことのないサッサンが、私が知らない世界のことを、なんでも知っているような気がする。真っ白くて立派な髭のせいか。顔に深く刻まれた、皺《しわ》のせいか。

すり橋を渡ると、低い山に突き当たる。車が一台通れるくらいの、剝《む》き出しのジャリ道が続いていて、そこは、マリアちゃんの家の私道だ。私は、右に曲がって山沿いに歩き、漁港へ向かう。私の家は、漁港のすぐそばだ。だから、私の家からも、マリアちゃんの家は見えるし、マリアちゃんの家からも、私の家が見える。

「キクりんの家って、小さくて可愛いね。」

私たちはいつも、すり橋を渡ったところで別れる。

「じゃあね、マリアちゃん。」

そう言うと、マリアちゃんが、私を引きとめた。

「キクりん、ちょっとお喋りしていこうて。」

私たちが止まると、男の子たちも止まった。橋の手前の、大きな楡《にれ》の木の幹を、削ってみたり、土を足で掘り返したりしている。

マリアちゃんは、そちらをチラチラと見て、声に出さずに、口だけで「やーね」と言った。私は、早く帰りたくて、嘘をついた。

「うをがし、手伝わないとだめだから。」

マリアちゃんは、目を丸くした。

「そうなん。キクりん偉いね。」

「偉くないよ。」

「ううん。偉いよ。私、キクりんのこと、本当に応援してるっけ。」

「ありがとう。」

手を振って走りだすと、男の子の誰かが「あ」と言うのが聞こえた。私はそれを振り切るようにして、走った。ランドセルが、ガタガタと、大げさな音をたてる。すり橋みたいに、ぼろい赤のランドセル。

マリアちゃんが、

「あんた達、ついてくんなてー!」

と、また叫んだ。それは山に反響して、こだまになった。

すり橋からしばらく歩くと、山沿いに神社がある。水川神社という、古い古い神社だ。朽ちた鳥居や、境内に続く低い石段の、大袈裟なデコボコ。いつも、「私、由緒がすごくあるんです」と、こちらに訴えかけてくる。でも、この神社のことを、みんなは「エロ神社」と呼んでいる。中学生や高校生のカップルが、夜、「エロいこと」をしに来るからだ。

「ちょっと、私の由緒の話を。」

エロ神社はお喋りだ。一度捕まると、いつまでも話してくる。無視して通り過ぎようとしたとき、ミイン！　と、高い、蟬《せみ》の声が聞こえた。立ち止まって見上げると、木の緑が、少し濃くなっていて、ゆるやかなカーブにさしかかったあたりから、もう、海の匂いがした。

夏が来たのだ。


「うをがし」には、「準備中」の札がかかっていた。

営業時間は、11時から2時まで、休憩をはさんで夜は5時から11時までだ。

中を覗《のぞ》くと、誰もいなかった。店の時計が、3時半を指している。笑顔の牛の前足が、時針と分針になっている。

サッサンはいったん家に帰って眠っているのだろう。ということは、肉子ちゃんも。

「うをがし」の裏に回って、小さな道を渡ると、私たちの家がある。小さな庭がついていて、私はそれが好きだ。今まで住んだところは、全部、アパートか古いマンションだったので、庭なんてなかった。

塀や門はない。けれど、アスファルトから、一歩庭に入ると、「帰ってきた」と、私の庭だと、思う。土って、思っているより柔らかくて、匂いがする。いつも、はっとする。

何かが前を横切った。草が揺れる先を見ると、小さなトカゲだった。トカゲは、四六時中焦っている。

「遅れる遅れる遅れる約束ないけれどもー。」

ヤモリのように、堂々としていたらいいのに。たまに、お風呂場の窓に貼りついている、あの小さなヤモリは、いつだって不遜《ふそん》で、頼もしい。私が、もうもうと立ちのぼる湯気のことを詫びると、

「湯気は邪魔にならない。邪魔だとも思わない。」

そう言って許してくれる。名前のせいかもしれないけれど、貫禄があるのだ。

「湯気は見えるのに触れない。触りたいとも思わない。」

私は4歳から、ひとりでお風呂に入っている。でも、ヤモリや湯気や窓やお湯が、よく話すので、ちっとも寂しくなかった。世界は、とても賑《にぎ》やかだった。

トカゲは、アジサイの陰に走って行った。体が光って綺麗だ。

アジサイは枯れている。本当は青紫だった。そのかわり、今は、アスターの青紫が光っている。引っ越してきたときにサッサンが植えてくれたペチュニアも、青紫だった。私の好きな色だ。夕日が完全に沈んでから、少し経った空の色。

私の家の屋根も、青い瓦。ペンキで塗られた壁には、たまに、草が混じっている。

表札は、ただの板きれに、肉子ちゃんが書いた。

『見須子　菊子　喜久子』

苗字は「みすじ」と読む。苗字にも名前にも「子」がつくのって、漫才師みたいで変だ。表札だけ見ても、3人の女が住んでいるみたいに見える。私は、クラスの子達にからかわれる前に、それを笑い話にした。

「うちんち、女が3人住んでるみたいな表札なんらよね！」

皆は、手を叩いて笑った。そして、ひとしきり笑った後は、もう忘れた。ほっとした。

サッサンだけは、私達の苗字を誇りに思ってくれている。

「ミスジこて、牛ん中でも貴重な部位なんらて。」

たまに、もうお客に出せない、でもとても高級な「ミスジ」を、私達に食べさせてくれることがある。サッサンが焼いてくれた「ミスジ」は、本当に、本当に美味《おい》しかった。

「みすじがミスジを食べてーっ!?」

肉子ちゃんは、嬉しそうにそう言った。続きがあるみたいな言い方だったから、しばらく待ったけれど、肉子ちゃんは、何も言わなかった。そういうことも、よくあるのだ。

マリアちゃんだって、あんな美味しい肉は、きっと、食べたことがないだろう。

引き戸に手をかけると、鍵はかかっていなかった。ゆっくり開くと、もう、肉子ちゃんのいびきが聞こえる。休憩時間は、いつも寝ているのだ。

そろりと靴を脱いで、抜き足で部屋に入った。4畳の台所と、肉子ちゃんが寝ている6畳の居間、そして、私の勉強机や、本棚や、タンスがある6畳。マリアちゃんは、小さい、と言ったけれど、2部屋ある家に住んだのは、生まれて初めてだった。

居間の時計が、カチ、カチ、と音を立てている。肉子ちゃんがどこかからもらってきた、紙の時計だ。耳に包帯を巻いたゴッホの自画像が描かれている。怖い。

肉子ちゃんは、居間でこちらに背を向けて、眠っていた。

「すごーい……すごーい。」

肉子ちゃんのいびきだ。

グレーのスエットを着た大きな体が、上下に揺れている。すごーい、すごーい。お尻のポケットは、ピンクのハート型になっている。すごーい、すごーい。

肉子ちゃんを起こさないように体をまたいで、勉強机にランドセルをかけた。カチャ、という金具の音がしたけれど、肉子ちゃんは起きなかった。机に紙が置いてある。

『キクりんへ　おきたときねてなかったらおこしてー。』

肉子ちゃんの置き手紙には、よく混乱させられる。今までにも、何度もこういう手紙を見た。

『キクりんへ　いってきまーす。かえるからね!!』

『キクりんへ　ちょっとだけよ。夜がタノしみに！』

前者の紙を置いていったときは、「いつも通り仕事に行ってくるけど、いつも通り帰ります」の意味で、後者は、「ちょっと買い物に行ってきます。夜ご飯楽しみにしておいてね」の意味だった。

冷蔵庫を開けたら、プリンの上に、『キクりんへ　おやつはレーゾーコだい』の紙が置いてあったこともあるし、寝ている肉子ちゃんのお腹に『となりの人にゆっくり聞いてちょ』の紙が、載っていたこともある。ほとんど、謎かけの域だ。

でも、そういうメッセージに接し続けていると、ある程度のことなら、理解出来るようになる。今日の手紙は、多分、出勤する時間にまだ寝てたら起こして、ということだろう。「うをがし」には、4時半に行くことになっているから、4時過ぎに起こしたら、十分だ。

私は本を開いた。途中まで読みかけていた、「フラニーとゾーイー」。今は、家の「カウチ（カウチがどういうものか、分からないけれど）」で、ゾーイーがフラニーに、話をしているところだ。内容はよく分からないけれど、ゾーイーなりにフラニーを愛していて、フラニーも、「やめて」と泣いているけれど、ゾーイーに愛されているのを、分かっている。

本を開いている間、私は自分の容姿のことや、肉子ちゃんの過去の男のこと、マリアちゃんの思わせぶりな立ち話や、男子の幼稚なアプローチのことを、忘れる。主人公や登場人物に完全になりきったり、物語の中に入り込んで出てこられなくなったり、言葉の並んでいる様子に没頭して、ふわふわと酔ったようになる。

「すごーい……すごーい……。」

フラニーには、ゾーイーがいていいな。

ぐう、とお腹が鳴った。最近は、いつもそうだ。どれだけ食べても、すぐにお腹が減る。夜中に目が覚めて、ラーメンを作って食べたり、肉子ちゃんが買って来たロールケーキを半分食べたりする。肉子ちゃんは、私のことを羨《うらや》ましがる。

「ええなぁキクりんは、何を何時に食べても太らへんもんなぁ！」

肉子ちゃんは、何を何時に食べても太るのだ。

台所に行くと、ジャムマーガリンパンがあった。冷蔵庫から牛乳を出してコップに注ぎ、一口飲んだ。パンの袋を開けると、ぱん、と音がして、

「はっっっ！」

肉子ちゃんが目を覚ました。３時55分。

「見ーつーけーたーなーっ！」

起きた瞬間から、肉子ちゃんは、肉子ちゃんである。

「見つけたって、思いっきり見えるところに置いてたやん。おやつ置き場に。」

「せや、せや。キクりんお腹すいてるやろと思ってな！　ヨシトクでパン３つよりどり１８０円やったから買いだめしといてんっ！」

「ヨシトクって、いっつもパン３つよりどり１８０円やんか。」

「えー！　そうなんーっ⁉　お母さん騙されたわぁっ！」

「あとのふたつは？」

「あとのふたつはぁ……。」

「食べたん？」

「でも、ヨーグルトクリームパンとレーズンパンやでっ！」

「でもって言われても。」

私はジャムマーガリンパンが一番好きだ。マーガリンがすごく脂っぽくて、苺ジャムも甘すぎるけれど、牛乳と一緒だったら、あっという間に食べてしまうのだ。

「肉子ちゃん、このメモって、店行く時間になっても起きてなかったら起こして、てことやんな？」

「そうやでっ！　でもお母さん、キクりんに起こされる前に起きてもたー、すごーい、すごーいっ！」

自分のいびきみたいなことを言いながら、肉子ちゃんは立ち上がった。背が小さいのに、太っているから、立ち上がるだけで、なんとなく圧迫感がある。それとも、肉子ちゃんがまとっている空気そのものが、暑苦しいのか。

肉子ちゃんはトイレの中でも、何か歌っている。本当に賑やかである。あれだけ喋ったり歌ったりしているだけで、ある程度のカロリーを消費しそうなのに、肉子ちゃんは、全然痩せない。生まれてからずっとそうなの、と、前聞いたことがある。生まれたときは未熟児だったそうだ。信じられない。

トイレから出てきた肉子ちゃんは、出勤準備を始めた。といっても、乱れた髪を縛り直すくらいだ。あの、鬱陶しい「前髪薄く薄くおろし」の作業である。肉子ちゃんは、夜の仕事をやめてから、一切化粧をしなくなった。

太っていて皺もないし、肌が艶々《つやつや》しているから、38歳だけど、もっと若く見える。

「キクりん、テレビつけてもええっ？」

本を読んでいる私に遠慮して、肉子ちゃんは、いつもそう聞いてくる。肉子ちゃんは、私と違って、四六時中テレビがついていないと、落ち着かないみたいだ。

「ええよ。」

「ありがとーっ！」

プッ、と電波が飛んだ音がして、部屋が騒がしくなった。テレビがつくのは、シャワーが勢いよく出るのと似ている。なじみ深くて知ってるはずのことなのに、いつも驚く。

画面では何かのワイドショーをしていた。

「あ！　キクりんまたこの人出てはるわ！　オカルトの！　この、めっちゃ当たる外人！」

多分、外国人の霊媒師のことを言っているのだ。最近、よくテレビに出ている。恐ろしく太った女の人で、眉毛が繋がっていて、はっきりと、髭が生えている。

「ほんまにふっとい外人やなぁーっ！」

テレビをつけてもいいか、という断りは入れてくるのに、話しかけることは悪いと思わないみたいだ。

「肉子ちゃん、外人って言ったらあかんねんで。」

「外人？　なんでっ？」

「差別用語なんやって。」

「嘘やんっ！　ほんならなんて言うたらええのんなっ！」

「外国人。」

「……がい……。一緒やんっ！　どう違うんっ！」

「外人って、どっか蔑《さげす》んでるような……感じ？」

「蔑んでる……っ！」

「馬鹿にしてるみたいに取られるねん。」

「そんなん、デブと肥満と一緒やんっ！　言われてる方の気持ちは一緒やろっ！」

肉子ちゃんは、「いいこと言った」というような顔をしている。二重あご。

「外の人って書いて、外人って読むのやからっ！」

「まあね。」

「そして、タト、と書いて、外と読むのやからっ！」

肉子ちゃんは、空中に「外」と書いた。

「肉子ちゃん、でもほかで外人って言わんほうがええで。」

「タ、トっ！」

学校では、道徳の授業がある。使ってはいけない言葉があること、忘れてはならない歴史があること、特別な土地があることを、その授業で学んだ。でも、言ってはいけない言葉を、何度か家にある本の中に見つけたことがある。言ってはいけない言葉も、時代によって変わるのか。流行語みたい。肉子ちゃんの時代には、「外人」という言葉は、「差別」ではなかったのだろうか。

「あああああもう20分やーっ！　行かなーっ！」

「あ、肉子ちゃん。行く前にプリントに名前書いて。」

「何何何、何のっ？」

「プールのん。保護者が許可せな泳がれへんねんて。」

「おっけーやでっ！」

肉子ちゃんは、私が渡したプリントを一読もせず、名前を書いた。

「違うって肉子ちゃん！　そこは、うちの名前書く欄。」

「いやーん、間違えたーっ！　ほんなら、キクりんの名前を保護者の欄に書いて……、こうやって、矢印書いとくわなっ！」

「大丈夫かなぁ。」

「大丈夫やってっ！　心配やったら……、ほらっ！」

肉子ちゃんは、自分の名前の横に、何か書いた。

『生徒氏名　見須子　菊子↓泳ぐすごく賛成です!!
⇔
保護者氏名　見須子　喜久子』

ものすごく、大きな字だ。肉子ちゃんの体みたいな、丸い文字。

「よっしゃーっ！　ほんなら行こうかなっ！」

「行ってらっしゃい。」

「ご飯は、7時か8時頃おいでなっ！」

「うん。肉子ちゃん。」

「何？」

「眼やについてるで。」

「おおお危なっ！　ありがとうっ！」

肉子ちゃんは眼やにをとって、かかとの高い紫のビーチサンダルを履いた。ださすぎる。

「キクりん、何読んでるん？」

「サリンジャー。」

「サリンジャーっ！　なんとか戦隊の名前みたいやなっ！」

そして、元気よく出勤して行った。

肉子ちゃんがいない部屋は、寒色になる。肉子ちゃんが置いている、ださくて派手なものは変わらずあるのに、オレンジや赤や黄色がなりをひそめて、代わりに、青や紫や黒が、幅を利かせ始めるのだ。

色は、時間によって主役を交代するっていうことを、この土地に来て知った。暖色と寒色は、うまくやっている。世界を、きちんと染めている。

寒色になった部屋では、みなが、一斉にお喋りを始める。布団や椅子や5円玉や電話が。

「触ってあたしの、ふわっふわの背骨。」

「1本だけ短い。」

「周回してやっと面白い、みたいなね。」

「ゴリ押し。」

「呼吸しーようっと!」

世界は賑やかだ。いつも、いつも。

ジャムマーガリンパンを食べ終わったので、コップを流しに持っていった。肉子ちゃんが飲んだのだろうコーヒーカップもあるから、それも一緒に洗った。スポンジは、緑のカエルの形をしていて、肉子ちゃんのコーヒーカップには、筆文字で「親不孝」と書いてある。私が物心ついたときから、ずっとこれだった。

引っ越しの度に、捨てて、もう捨てて、捨てろ、と思っていた。でも、このカップは、しぶとくついてきた。しかも、すごく頑丈なのである。一度落としたときも、ゴツンッという音がするだけで、割れなかった。親不孝には、根性が必要なのか。

「せやでー!」

「親不孝」の文字が見えないようにカゴに伏せて、ひよこ柄のタオルで手を拭《ふ》いた。肉子ちゃんはきっと、シンプルって言葉を知らない。

トイレに行って、おしっこをした。トイレットペーパーを取ろうとしたら、ホルダーに新品のものがつけてある。ペーパーの始まりを探すと、逆さだ。上から垂らさないといけないのに、下から垂れている。肉子ちゃんがつけると、いつもそうなのだ。

「始まりのところがくちゃっとしてるやろ？　どっち向きか分からんねんっ！」

肉子ちゃんは、始まりを探すのが下手だ。

サランラップの始まりをいつも見失うし、テープをつけて探せばいい、と言えば、テープの始まりを見つけられない。

肉子ちゃんは、人間関係の始め方も、下手くそだ。相手が自分のことをどう思うのか、とか、どんな風に接すれば空気が変に震えないのか、とか、そういうことを、全然考えられない。こんにちは、をきちんと言わないままに、ずけずけと人のテリトリーに入ってゆく。私からすれば、信じられないことだ。空気を読む、とか、立ち位置を確認する、とか、そういうことが、肉子ちゃんの頭にはないのだろうか。

誰の前に出ても、いつも、全力で「肉子ちゃん」。それで、鬱陶しがられたり、馬鹿にされたり、騙されたりする。

サッサンは、肉子ちゃんが「うをがし」で働きだすようになったことを、はっきりと覚えていないという。「肉の神様だ」と思った強烈な瞬間から、気がつくと、もう肉子ちゃんが店で、当たり前のように働いていて、店の客の肩を、がんがん叩いていたり、店の客と不倫をして、奥さんにぼこぼこに殴られていたというのだ。

「どーいえばいいろか、あいつって、事故みてなもんらよな。」

私も、そう思う。肉子ちゃんは、事故だ。

夕飯は、いつも、「うをがし」のまかないをもらうことになっている。それも、いつの間にか決まっていた。

大抵肉料理だけど、たまにゼンジさんが持ってきてくれた魚の煮つけや、サッサンが趣味で作っているラーメンのときもある。ラーメンは裏メニューだし、サッサンの気分が乗ったときしか用意出来ないから、お客さんにとても人気がある。余った豚の肉やカルビの骨からダシを取って、何時間も煮込むスープは、澄んでいて、でもきらきらとした黄金色で、底知れない。

ジャムマーガリンパンを食べたばかりなのに、サッサンが作ってくれる「まかない」を思い出すと、お腹が減った。私の胃袋は、どうなっているのか。でも、肉子ちゃんが言うように、私はちっとも太らないのだ。

クラスには、ブラジャーをしている子もいるし、生理が始まった子もいる。5年生になったばかりの頃、体育館に女子だけ集められて、性教育も受けた。

私の体は、いつまでたっても、昔のままだ。痩せっぽちで、胸なんてぺたんこで、脚は枝みたい。でも私は、自分の体が好きだ。男の子みたいなのもいいし、肌が白いのも好き。このままずっと、胸も大きくならず、生理なんて、始まらなければいいのだ。

こっそり覗くと、「うをがし」は混んでいた。6つあるテーブルのうち、5つが埋まっている。肉子ちゃんは、洗面器を持ちながら、テーブルの間を歩いていた。

洗面器には、肉が入っている。注文が入ったら、サッサンのところに行って、肉を入れてもらう。そしてその肉を、トングで洗面器から客の皿に移すのだ。そうすれば、洗わなければいけない皿が減る。「うをがし」の肉は、全部一種類の「タレ」で食べるから、同じ洗面器でも、心配いらないのである。

肉子ちゃんの薄い前髪が、ぴょんぴょん跳ねている。肉の足りないお客さんを探す、ダウジングみたいだ。お客さんは、1番と3番テーブル以外は、知っている人だった。

2番は近くに住んでいる畠山さん夫婦、新婚だけど、12年付き合ってから結婚したらしいから、長年連れ添った貫禄がある。肉を食べている間、ふたりともちっとも話さないのだけど、店にあるテレビを見ているとき、腹を立てるところが同じだ。私みたいな娘が欲しいと、いつも言ってくれる。奥さんはもうすぐ39歳で、旦那さんはたしか、34歳だったと思う。

4番はよく来る男の人3人組。20代後半で、建設業だ。紫や赤のニッカボッカを穿いている。いつも、肉よりご飯のおかわりの方が多い。ご飯のお代わりは、無料だからだ。ばくばく、本当に気持ちよく食べるので、肉子ちゃんが、いつもそばで、にやにやしている。

5番はいつものごとく、ゼンジさんと、漁業組合の仲間達。借金を背負って遠洋漁業に行ってしまった、肉子ちゃん第一の男の仲間だ。あの男と比べると、皆、すごくいい人達だ。寡黙で、でもたまに大きな声で笑って、男っぽい。

ゼンジさん達は、ほとんど毎日来るから、肉をそんなに食べない。ユッケやレバ刺し、キムチをつまむ程度だ。でも、お酒をよく飲んでくれるから助かる、とサッサンは言う。たまに魚を持ってきてくれるし、サッサンも、ゼンジさん達にはサービスをする。

「おう。」

サッサンは、私の顔を見ると、そう言う。それが挨拶だ。肉子ちゃんが嬉しそうに、キクりん！　と叫んで、お客さんは皆、私を見る。

私はいつも、空いている席に座ってまかないを食べる。席が埋まっているときは、サッサンにタッパーに入れてもらって持って帰るか、いったん家に帰って、肉子ちゃんから、席空いたよ、の電話がかかってくるのを待つのである。

でも、今日みたいに、外からこっそり店の様子を覗くようになってからは、そんな必要もなくなった。満席のときは、気づかれないように、そっと家に帰るのだ。サッサンの手を、煩わせたくない。

「こんばんは。」

知っている人達に挨拶をして、厨房に一番近い、6番のテーブルに座った。

突き当たりの壁に、テレビと、サッサンの亡くなった奥さんの遺影が飾ってある。黒い縁取りの、お葬式で使う写真だ。こういうのって、自宅に飾るものなんじゃないのだろうか。肉を焼きながら食べる店で、死んで焼かれた人の遺影があるのって、なんか、悪趣味だ。

テレビでは、あの「外人の」霊媒師が、芸能人と向かい合っていた。最近本当に、よく出ている。

「あなた前世で悪いことしてる。」

「悪いこと？」

「白い蛇をたくさん殺したんだ。」

「そんな……、身に覚えが……。」

「前世のことだもの。」

「……呪いって、どんな呪いですか？」

「おでこがただれます。」

「おでこが？」

「あなた、とても丸いおでこね。」

「どうすれば、ただれなくなりますか？」

「危険な山のところに、大きな木を植えてください。」

「木を？」

「はい。」

「大きな木を？」

「はい。」

「例えばどんな？」

「知らねぇよっ！」

ぼんやり画面を見ていると、頭をぽん、と叩かれた。見上げると、肉子ちゃんの丸い顔が、私を見下ろしていた。

「キクりん、またあの、外、国、人、やなっ！」

がいこくじん、と、力を強める。二重あご。

「ほんまやな。ほんまによう出てるな。」

「ダリシアて言うねんて。めっちゃ当たってはるで！」

「滅茶苦茶なこと言うてるやん。」

「さっきもな、この人の死んだお父さんの顔絵に描《か》いとってな、あんまり時間かかるから省略されとったけど、後日見せてもらったいうて出てきたやつ、そっっっくりやったでっ！　しかもな、貼り絵やってんでっ！」

「なんで貼り絵なん。」

「似てたわーっ！」

「似てたいうても、後日描く、貼る、いうのがあやしくない？」

「見えてはんのんやろなぁっ！」

「見えてへんやろ。」

「キクりん、あのなんとかジャーもう読んだん？」

「ううん、まだ。」

「字ちっさいちっさいもんなっ！」

肉子ちゃんの持っている洗面器では、サッサン特製のタレが、蛍光灯に当たって、きらきら光っている。指を入れて舐《な》めると、淡い鳥肌が立った。

「おいキク、今日のまかないは肉焼きそばらて。」

手の空いたサッサンが、山盛りの肉焼きそばを持ってきてくれた。嬉しい。この焼きそばも、本当に美味しいのである。

「野菜も食べれ。」

野菜焼き用の野菜を細かく切ったサラダと、卵スープもついてきた。ぐう、とお腹が鳴った。恥ずかしいけれど、仕方がない。育ち盛りというやつのせいにする。

「いただきます。」

箸《はし》を入れると、ぷうん、と、油の匂いがした。牛脂だ。サッサンからもこの匂いがする。サッサンは、よく犬猫に、あとをつけられる。

野良猫は見たことがあったけれど、こっちに来て、野良犬がたくさんいることに驚いた。野良犬たちは集団で暮らしている。集落を移動するとき、いつも、口々に、「待たせたなー!」と、叫んでいる。対照的に、野良猫達は静かだ。たまに挨拶をすると、「はぁ?」と言うけれど、悪意はない。それが相槌《あいづち》なのである。

「んめかキク。」

「うん、んめ。」

サッサンは満足そうに笑って、また、肉をさばきだした。ふさふさの白髪と、対照的に真っ黒の太い眉毛。古い木みたいな肌。

肉を噛《か》んでいると、サッサンの奥さんと目が合った。すぐに逸《そ》らす。

「いつも思うんらろも、この店はまかないの方が、んまそらね。」

ゼンジさんが笑う。赤い顔をしているけど、お酒に弱いのではない。ゼンジさんは、年中赤い。というより、赤黒い。お酒を飲みすぎるとああなるのだと、肉子ちゃんが教えてくれた。

「あとな。声がどえらい嗄《しゃが》れるんよっ！　酒焼けいうんやけどもっ！」

肉子ちゃんはもう、まかないを食べたのだろうか。

「キク、今何こと勉強してるんこてか。」

ゼンジさんは、いつもレモンサワーを飲んでいる。お代わりしても、レモンを入れておいてくれ、と言う。自分が何杯飲んだか、確認したいのだそうだ。ゼンジさんのジョッキには、見たところ、5つほど入っている。レモンの体積が増す分、お酒の量も減るので、具合がいいそうだ。

「今？　例えば？」

「例えばって……、そうらな。算数は？」

「平行四辺形の面積とか。」

「ほう。」

それで、話は終わった。

ゼンジさんは、人見知りだ。

酔うと、こうやって私にも話しかけてくれるのだけど、港で会うと、「おお」と、そっけない。でも、黙って魚の入ったバケツをよこしてくれたり、可愛い貝を投げてくれたりする。優しいのである。40歳くらいなのに、禿げている。顔がすごく濃いので、タオルを巻いていたら、インド人みたいだ。独身で、両親と、出戻りの妹と一緒に暮らしている。立派に仕事をして、優しくて、でも、肉子ちゃんが絶対に好きにならないようなタイプだ。

3番のカップルの女の人が、私を見てにっこりと笑った。お化粧が濃いけれど、鎖骨の出た、綺麗な人だった。私はゆるく笑い返し、卵スープをすすった。熱い。

テレビでは、相変わらず芸能人が騒いでいる。

「だから何の木を植えたらいいんですか！」

「木製の木に決まってるだろっ！　ばかっ！」

ダリシアという人は、本当に、どうしてテレビに出られるのか。髭のある顔が、画面に大写しになる。

「前世で決まってるんだっ！　前世に聞け！」

前世に聞け、だって。私は画面から目を逸らし、肉焼きそばに集中した。

肉子ちゃんは、どんな前世だったのだろう。

こんな過酷な人生を背負わなければいけないほど、肉子ちゃんは何かひどいことをしたのだろうか。ダリシアに、聞いてみたい。すごく当たるのなら、肉子ちゃんは、前世で何をしたのか、そして私達は、これからどうなるのか。

肉子ちゃんの前髪は、やっぱりふわふわと揺れている。何かを、探しているのだ。


5年1組女子の間では、昼休みに、バスケットボールをするのが流行《はや》っている。チームの分け方が変だ。運動神経のいい金本さんと森さんが分かれて、それぞれ自分のチームに欲しい子を、順番に取っていくのである。

当然、下手くそな子は選ばれないし、上手な子であっても、何らかの力関係が働いて、取ってもらえないこともある。金本さんと森さんは、運動神経がいいだけでなく、クラスを仕切っているような存在だからだ。

小さな頃から、「はないちもんめ」を、なんて残酷な遊びなんだろう、と思っていた。いつまでも「あの子が欲しい」と言われない子もいたし、最後は、選ばれなかった子が、ひとりで、「たーんすながもち」と、歌うことになる。正直、見ていられなかった。

私はいつも、1番目に「あの子が欲しい」と言われてきた。1番に選ばれようが、取り合いになろうが、私は「はないちもんめ」が、好きではなかった。

運動神経はいいけれど、私が金本さんに1番に選ばれるのは、それだけが理由じゃない気がする。

金本さんは、マリアちゃんのことは、決して選ばない。マリアちゃんはマリアちゃんで、金本さんに選ばれないことを分かっているから、森さんにばかり愛想をふりまく。森さんは、マリアちゃんに何度か可愛い消しゴムをもらったことがあるし、大体4番目くらいには、マリアちゃんを選ぶことにしているようだ。

選ばれなかった数人のうち、何人かは教室で絵を描いたり、とにかく地味なことをしているけれど、他の子達は、何故かコートの外で、私達を応援している。昼休みの間中、ずっと。応援だけじゃつまらないだろう、それぞれ好きな遊びをすればいいのに、と思うのだけど、その子達が、いつまでも私達のそばにいる気持ちも分かる。クラスの人間関係から、外れたくないのだ。

誰かが、この分け方やめようよ、と言うのを、きっと、みんな待っている。

私は、バスケが好きだ。ボールを追いかけて、人のいないスペースを見つけて、だっと走る。隙《すき》をついて人の間をすり抜け、ゴールを決めたときのスポン、という網の音はたまらない。そして、自分の手のひらより、うんと大きなバスケットボールが、自分の思った通りに動くのは、気持ちがいい。チームの分け方さえ、平等であったら。

昼休みの20分間、結局私は汗だくになるまで動く。頭が真っ白になって、犬みたいに、肩で息をする。

昼休み終了5分前のチャイムが鳴っても、みんな構わずに続けるけれど、いつも、もう戻ろう、と言うのはマリアちゃんだ。金本さんは、小声で「いい子ぶってる」と言う。私は、その言葉が聞こえていないフリをする。

校舎に入る前に、冷水器で競うように水を飲んだ。水が冷たい。ついでに顔にもかけて、ぶるぶる、と頭を振った。みんなが私を見て笑って、真似をした。ぶるぶる、ぶるぶる。飛沫《しぶき》がそこら中に飛んで、マリアちゃんが少し、嫌な顔をする。せっかくバスケットのチームに選ばれても、マリアちゃんはあまり、ボールに触らない。

「おーい、教室に入れよー。」

どこかで、先生の声がした。みんな、きゃあ、と騒ぎながら、教室を目指す。ふと視線を感じて、後ろを振り返ると、また、桜井と松本がいた。私と目が合うと、慌てて、目を逸らす。なんだよ、と思ったそのとき、ふたりの背後に、二宮、というのだったか、あの暗い男子も見えた。

いたのか、と思って、それで終わりだったはずだ。なのに、私は、二宮の顔に釘づけになった。

二宮は、変な顔をしていた。

くしゃっとしていた。

顔中のパーツを、真ん中に集めたみたいな顔だ。

え、と思った。私が立ち止まったのを見て、桜井と松本も立ち止まった。でも、私の視線がふたりを越え、背後に飛んでいるのを知ると、ふたりも振り返った。

二宮は、今度は目を剥いて、口をすぼめているところだった。でも、ふたりが振り向くと、急に、元の顔に戻った。桜井も松本も、二宮が変な顔をしていたことに、気づかなかったようだ。

「キクりん!」

マリアちゃんの呼ぶ声がする。慌てて走った。皆に追いつくと、マリアちゃんが、

「あ、またあの子達。やーらぁ!」

と言った。もう一度振り返ると、二宮は、なにごともなかったように、ふたりの後を歩いていた。

それから、私は二宮の姿を見つける度に、また変な顔をしていないか、観察した。

渡り廊下、朝礼、放課後の下駄箱。

でも、私が見ている限り、二宮は変な顔をしなかった。

相変わらず暗い顔をして、いつも、桜井と松本の少し後ろを、歩いているのだ。


私達の通っている小学校は、校内に猿楽寺という寺がある。というより、元々はお寺の境内に小学校を建てたらしいので、私達が新参者だ。

お寺の入口が校門になっていて、正面に寺、その後ろに隠れるようにして、校舎が建っている。私達がバスケットボールをしている体育館は、その後ろだ。運動場の真ん中に、大きな桜の木があって、春になると、皆で毛虫を取る。

参拝者は自由にお寺に来ることが出来るから、つまり、校内にも簡単に入れる。

私が東京の小学校にいたときは、自由に校内に入れるなんて、考えられなかった。運動会にだって、校内に入っていい保護者は4人まで、と決まっていたし、それも、前々から予約して、胸に入校許可証なるものをつけないといけなかった。

こっちの学校は違う。

運動会どころか、授業中、運動場で犬を散歩させている人を見るし、誰かが勝手についた、ごおん、という鐘が聞こえることもある。猿楽小学校。もちろん、お寺の名前から取った。昔、神様の使いの猿が、境内で楽しく遊んだことから、この名前がついたらしい。

境内で猿が遊んでいたから名前がついた、と由来書きに書いているけれど、境内で遊んでいた、ということは、その時点ですでにお寺があったということだし、ということは当然、そのときからお寺には、名前がついていたのだろう。由来書きは、大概当てにならないものである。町を囲む山には、鹿が傷を癒《いや》したという由来のある滝が、6つもある。

今は、猿こそいないけれど、時々運動場の砂場で、若いお母さんが、子供達を遊ばせている。

正門前の通りはちょっとした参道になっていて、町で一番賑やかな界隈《かいわい》だ。名前は、「銀座猿楽通商店街」。みんなは略して、「猿商」と言う。銀座、なんてついていても、そんな賑わいはない。廃《すた》れている、といえば簡単なのか、錆びついたシャッターが目立つし、スピーカーから流れる音楽は、音がひずんでいる。

港に近いから、魚屋や、魚を扱う小料理屋が多い。

他には、軽薄な美容師のいる美容室「ＭＵＳＥ」、ミイラみたいな老夫婦がやっている「赤星布団」、凶暴な猿を飼っているおもちゃ屋「もんきぃまじっく」と、いつも美味しい珈琲の匂いをさせているお茶っ葉屋（珈琲は売ってない）「重松」、珈琲が不味《まず》いけど、カレーが滅茶苦茶美味しい喫茶「北斗」、マキさんというかっこいい鍵師のいる「湯沢鍵店」、いつもパン３つ１８０円のスーパー、ヨシトクなんかがある。

クラスの女の子達は、軽薄な美容師を気に入っている。目と目の間に、緻密に前髪を垂らしていて、年中ブーツを履いている。いかにも胡散臭い奴だと、私は思っているのだけど、皆から見たら、「かっこいいお兄さん」になるらしい。名前はトモキさんという。男の人を「さん」づけで呼ぶことにも、皆は興奮しているのだ。

マリアちゃんの髪はお母さんが切っているらしいのだけど、たまにお願いして、トモキさんに切ってもらうそうだ。トモキさんはいい匂いがする、甘い香りの香水をつけているんだ、とマリアちゃんから聞いて、皆はほう、とため息をついた。私はますます、トモキさんのことが嫌いになった。

私は、鍵屋のマキさんが好きだ。髪の毛を、男の子みたいに短く切って、私が着てるみたいな、シンプルな服を着ている。でも、ピアスだけはいつも大きくて、カラフルだ。耳たぶがびよんと伸びるくらい、重そうなピアスをしているときもあるけれど、マキさんには似合っている。

マキさんは、猫が眠る直前みたいな顔をしている。離婚して出戻ったらしいのだけど、肉子ちゃんと同じ年齢だと聞いて、驚いた。肉子ちゃんも若く見えるけれど、マキさんは、とても38歳には見えない。20代のお姉さん、という感じだ。

マキさんには、この街に来てすぐにお世話になった。肉子ちゃんが、鍵穴に鍵を差し、どういう力加減か、ぼきっと折ってしまったのだ。

肉子ちゃんも私も、茫然とした。利き腕ではなかったのに、どんな力をしているのだ。

その日「うをがし」は休みで、サッサンは町内会の皆の連合で、温泉旅行に行っていた。冬。雪が降っていた。

「どうする肉子ちゃん。」

「キクりんっ！」

さすがの肉子ちゃんも、酔いが一気に冷めたようである。

そのときはまだ、街のことは何も知らなかった。私達は、猿商の居酒屋で、ご飯を食べて帰るところだった。どの店が美味しいのか分からなかったから、結局全国どこにでもあるチェーンの居酒屋を選んだ。肉子ちゃんは２９０円のチューハイを飲みまくったために、てろてろに酔っていて、私は同じく２９０円の唐揚げを食べすぎて、胃が気持ち悪かった。

とりあえず、鍵屋に電話しようとしたけれど、肉子ちゃんは携帯電話を持っていなかったし、そもそも、どこに鍵屋があるのか知らなかった。私は珍しく、泣きだしそうになった。

肉子ちゃんは、庭にある大きめの石を拾って、窓ガラスを割ろうと言った。私はそれを必死で止めた。やっぱり珍しく、泣きそうだった。

「何してるの？」

そのとき、奇跡みたいに、マキさんが現れた。白いバンに乗っていて、バンには、「湯沢鍵店」と書いてあった。そのときは、たまたま、近くの家の玄関を解錠して、店に戻っているところだったそうだ。

サッサンが肉子ちゃんのことを、肉の神様と思ったのは分かる。でも、私はその1万倍強く、マキさんのことを女神様だと思った。

「あらら、これは結構時間かかるよ。」

折れた鍵を見て、マキさんはそう言った。

「寒いから、ふたりとも車ん中に入ってて。」

肉子ちゃんも私も、これ以上出来ないほど、恐縮した。そのうえマキさんは、

「ダッシュボードの魔法瓶に、熱いほうじ茶入ってるから、飲みなよ。」

とまで言ってくれたのだ。雪のせいで、マキさんがかぶった黒いニットキャップは、白くなっていた。

結局マキさんは、30分ほどもかけて、折れた鍵を取り、扉を開けてくれた。挙句、これは絶対に忘れたい話だけど、肉子ちゃんは大量のチューハイの、私は大量の唐揚げのせいで、ほうじ茶を車中にすべて吐いてしまった。恩を仇《あだ》で返す、とはこのことだ。

それでも、マキさんは怒らず、じゃあ、と手をあげて、行ってしまった。帰り道だったから、と言って、ほんの少しのお金しか、持っていかなかった。

湯沢鍵店の前を通るとき、肉子ちゃんと私は、はっきりと緊張する。女神様は、私達に気づくと、

「おーっす。」

と、低い声で挨拶をしてくれる。肉子ちゃんは騒ぐけれど、私は照れて、マキさんの顔を、ちゃんと見ることが出来ない。

商店街の端には、ペットショップがある。「PET　SALON　かねこ」という店名だけど、皆「うらない」と呼んでいる。占いをしてくれるわけではない。店主が、来る客に、動物の世話の大変さを、これでもか、と言い続けるので、「売らない」と言わ

れているのだ。店主は金子さん。頭がつるつるに禿げあがった50代の男の人で、体がうんと大きい。その風貌も、「売らない」たる所以《ゆえん》だ。怖すぎるのだ。

元々「かねこ」は、小鳥だけを売っていたらしい。金子さんのお父さんがペットブームに乗っかって、子犬や子猫を売りだしたのだけど、息子である金子さんが、動物をたっとぶあまり、簡単に犬猫を飼おうとする人達に、好戦的になってしまうのである。

例えば、転入した当初、私が聞いた話は、子猫を見に行った親子に、金子さんがトラウマを植え付けたというものだ。

「どうせニャンコちゃんはワンコちゃんと違《ちご》て手間かからねとか聞いたんだろっ！　馬鹿こけ！　こんげちっこくてかわいげでも、糞《あつば》はきちんとくっせし、小便《しょんべ》なんか毒ガス級らぞ！　あんべわーりなったらすぐに病院に連れてかんば死んじまうし、気づけば病院代が家賃くれになってることだってあるんらすけな！」

とうとうとまくしたてた後は、猫の糞尿の臭《にお》いを鼻先で嗅《か》がせ、猫がゴキブリや鼠を捕え、弄《もてあそ》んで殺す動画を見せる。そして、最後には店のスピーカーを大音量にして、猫の心音を聞かせる。

どっくん、どっくん、どっくん！

「ほらな！　ニャンコちゃんは、ニャンコちゃんは、生きてるんらてば！！！」

娘さんはそれ以来、ＣＭに猫が出てくるだけで、しばらく体をこわばらせたそうだ。気の毒である。

新婚さんが、ポメラニアンを買いに行ったときも、そうだった。

「この野郎、まーさかこのポメちゃまに癒してもらおうら思ってるんらねか！　動物が簡単に人間を癒すと思うら大間違いらて！　ポメちゃまだって、生きてるんだっけ、寂しかったら鳴くぞ。腹減ったら鳴くぞ、ちっちぇすけきゃんきゃん甲高《かんだけ》ぇし、癒されるどころか、眠られねんだぞ！」

そしてやっぱり、ポメラニアンの心音を大音量で聞かせている。

どっくん、どっくん、どっくん！

「生きてるんらて!!」

新婚さんは、ポメラニアンを諦め、早々に赤ちゃんを作った。

「動物は、家族なんらてば！」

金子さんが、大きくなったレトリーバーやプードルや柴犬なんかを、大量に散歩させている姿をよく見る。みんな、その姿を見る度に逃げるけれど、私は金子さんが好きだ。

飼うまではそんな風だけど、一度そこで犬猫を買うと、死ぬまで気にかけてくれるし、ちょっと困ったことがあれば、飛んでくる。やむにやまれぬ事情があって、家を数日空けなければいけないときは、金子さんに頼んだら、餌《えさ》やり、散歩を、請け負ってくれる。ただし、少しでも犬猫に劣悪な状況だと、恐ろしい顔で飼い主を怒鳴り散らし、環境が改善されるまで、責め続けるのだ。

金子さんは、「うをがし」にも、よく来る。顔は怖いけれど、すごく優しい人だ。売れていった子猫の幸せを願って手を合わせていたこともあるし、寿命が来て亡くなった犬を思い出して、大声で泣いたこともある。

「待たせたな」の野良犬達と仲良くやっているのも、金子さんだけだ。駆除をしに来た保健所の人達から、「待たせたな」達をかくまったこともある。いつも吠える「待たせたな」達も、金子さんの言うことは聞いて、静かにしていたそうだ。金子さんは、動物使いみたいで、格好いい。

「うをがし」に来たら、金子さんは、牛を食べる。たくさん食べる。内臓からしっぽまで。あんまり美味しそうに食べるから、金子さんが来た日は、店の売り上げがいい。他のテーブルの人達も、つられて頼むからだ。そして、牛のことは、「牛ちゃん」とか、「牛ちゃま」とか言わない。「牛《ぎゅう》」と言う。

金子さんはサッサンがミスジをふるまう、僅かな人達のひとりだ。

私は、金子さんが牛をすごく食べることを、なんとなく、みんなには言わないでいる。

トイレットペーパーを買いに猿商に来ると、盆踊りの張り紙がしてあった。8月10日。1カ月も先なのに、皆すでに、張り切って準備を始めている。

お正月と盆踊りは、この町内の2大イベントなのである。お店をやっている人達は、店を休みにするか、出店を出す。どこからやってきたのか、テキ屋の人たちも、金魚すくいや、たこ焼きの屋台を出すけれど、ひよこ釣りの店は、金子さんの圧力で、絶対に来ない。

「おーっす。」

声がするだけで、どきっとした。

振り返ると、マキさんが、手にコーヒーカップを持って立っていた。マキさんは、いつも自分のカップを持ってお茶屋さんに行き、美味しいコーヒーを淹《い》れてもらって、自分の店に持ち帰る。「北斗」の店主は、それを快く思ってないみたいだけど、「重松」もマキさんも、全然気にしていない。

「暑いね、今日。」

「はい。」

マキさんを前にすると、嬉しくてデレデレしてしまう。

「あの、熱くないんですか、コーヒー。」

「うーん、どんなに暑くても、最高だ。コーヒーはホットがいいんだよねぇ。」

気の抜けた話し方も、最高だ。マキさんは、土地の言葉を話さない。標準語のイントネーションだ。カップは真っ白だった。カップはこうでなくちゃ。「親不孝」って何だよ。

今日のマキさんは、体に添う白のTシャツに、男の子みたいなジーンズを穿いていた。ロールアップした足元は、茶色い革のサンダルで、耳には、前も見たことがある、金色のフープピアスが揺れている。

「キクりんは、もうコーヒー飲めるの？」

「はい、飲めます。私、1年生から飲んでました。」

「へえ！　大人だねぇ。じゃあ、重松さんとこにもらいに行こう。」

マキさんはそう言うと、くるりと踵を返した。驚いた。嬉しくて、あ、と、声をあげそうになった。

重松のお嫁さんは、30歳くらいの細い女の人だ。薄黒い隈が年中あって、暗い。アライグマみたいな顔だ。マキさんが、また来ちゃった、と言うと、ぺこりと頭を下げるのだけど、特別何を話すでもない。

重松は、「重松の奥さん」と呼ばれているお姑さんが淹れるコーヒーが、美味しい。重松の奥さんは、今は引退していて、アライグマのお嫁さんが店に立っているけれど、コーヒーを淹れるのは、絶対に奥さんだ。

「奥さん、キクりんにもコーヒー淹れてあげて。」

マキさんは、年上の人にも、敬語を使わない。最初はどきどきしたけれど、マキさんが言うと、似合うのだ。重松の奥さんは、店の奥から顔を出し、「あいよー」と言った。アライグマのお嫁さんと違って、まんまるの顔をしている。息子と旦那さんは、奥の工場にいて、お茶を炒ったり、パッケージに詰めたりしている。アライグマのお嫁さんと、重松の奥さんが話すことはない。

しばらく待っていたら、コーヒーのいい匂いがしてきた。本当は、ブラックでは飲めないのだけど、言えない。ミルクと砂糖ください、なんて言ったら、せっかく縮まったマキさんとの距離が、また開いてしまうような気がするのだ。

「はいよー。」

重松の奥さんは、指も丸い。渡されたコーヒーは、真っ黒で、渦を巻いている。猫が描かれた、赤いカップ。

「あの。」

「ああ、大丈夫、後で私が返しに来てあげる。」

関係のない私までコーヒーをもらって、申し訳ない。お茶か何かを買った方がいいのじゃないかと思うけれど、重松の奥さんも、アライグマのお嫁さんも、何も言わないのだ。

マキさんは、ありがとー、と軽い礼を言って、歩きだした。私は、頭を下げて、マキさんの後について行った。

ブラックのコーヒーは、気が遠くなるほど、苦かった。

「美味しいですね。」

でも、全力で、嘘をついた。

「美味しいねぇ。」

湯沢鍵店は、とても古い歴史がありそうだ。鍵を削る大きな機械。壁にかかったたくさんの鍵と、飴色《あめいろ》をした木の机。元々マキさんのお父さんがやっていたらしいのだけど、今は、マキさんがひとりでやっている。

「煙草吸っていい?」

「はい。」

マキさんは煙草を取り出すと、火をつけた。ふう、と煙を吐くと、古い店内が、ますます古びて見える。

「コーヒーと煙草って、何でこんなに合うんだろうねぇ。」

マキさんの横顔が、煙でぼやける。すごく、似合う。

「そういえば、何しに来たの？」

「あの、トイレットペーパーを買いに。」

あまり邪魔してはいけない。私は、あわててコーヒーを飲みほした。苦い。なんだこれは。人間が飲むものなのか。牛乳がほしい。甘い何かが。でも、我慢だ。マキさんがいるのだから。

「肉子ちゃん元気？」

「はい、元気です。」

親不孝カップで、ミルクと砂糖をたっぷり入れた、もうコーヒーとは呼べないものを飲んでいる肉子ちゃんを思い出す。肉子ちゃんが、もしマキさんと同じクラスだったら、絶対に仲良くなっていなかっただろう。それとも、私とマリアちゃんみたいに、決して友達に見えないけれど、実は友達だったのだろうか。

「それはよかったねぇ。」

マキさんは、まだ随分残っている煙草を消した。頭を下げて店を出ると、マキさんは、ひらひらと、だらしなく手を振った。

「それはよかったねぇ。」

私は小さな声で、マキさんの真似をしながら、ヨシトクにトイレットペーパーを買いに行った。肉子ちゃんが買う、変な匂いつきのやつじゃない、シンプルなペーパーを、買うんだ。マキさんのカップみたいな、とても、白いものを。


水曜日は、「うをがし」の定休日である。

肉子ちゃんは、休みと聞くと、うずうずし始める。でも、肉子ちゃんが、休みの日を楽しみにするのは、何か特別な用事があるからではなくて、休日は喜ぶもの、という、小さな頃から身についた癖があるからだと思う。

実際、肉子ちゃんは休みの日を、大概ゴロゴロ寝て過ごす。テレビはつけっぱなしにしているし、手の届く範囲にすべてのものを置いて、トイレ以外は、動かない。それはそれで、幸せな休みの過ごし方なのかもしれないけれど、正直、見ていられない。

防災検査があるので、4時間目が終わると、私達は家に帰れることになっていた。半日の休みに、皆わくわくしていたのに、帰る頃には、雨が降った。

何人か学校で雨宿りをしていく子がいたけれど、私とマリアちゃんは、雨の中を走った。泥のしぶきにマリアちゃんは悲鳴をあげていたし、雨は横殴りになって、どんどん強くなった。でも、私は構わなかった。すり橋で慌てて別れた頃には、マリアちゃんは半泣きになっていて、挙句、ジャリ敷きの私道に、悪態をついた。

「くそがっ！」

笑ってしまった。

雨は、エロ神社の前あたりから、もっと強くなった。台風みたいだ。雨宿りをしようかと思ったけれど、雨宿りなんてしたら、エロ神社の由緒を、延々聞かなければいけない。私は、前から襲ってくる雨に立ち向かうようにしながら、走った。

漁港近くで、1台の軽トラとすれ違った。プッとクラクションを鳴らされたけれど、雨が強くて、誰か分からなかった。漁港を見ると、雨の中、ゼンジさんと仲間が雨合羽を着て、船を大急ぎで停泊させているのが見えた。

家に着くと、扉を開ける前から、「すごーい、すごーい」が聞こえてきた。朝、私を起こして登校を見送ってから、また寝たのだろう。扉をそっと開け、つまさき立ちになって、台所のタオルを取った。少しカビ臭い。それで、顔や髪の毛を拭いた。

部屋は、薄暗かった。まだ昼なのに、青っぽい光が、空気を染めている。雨が窓に叩きつけていて、その景色も、青だった。何故だか、不意に泣きそうになって、驚いた。鼻が、つんとした。電気をつけたかったけれど、肉子ちゃんを起こしたくない。

肉子ちゃんは、机の横で、うつぶせになって眠っている。いびきが聞こえなかったら、死んでいると間違われるかもしれない。左手を、台所の方に伸ばしている様子は、ダイイングメッセージを書こうとして力尽きた人、みたいに見える。

タオルで拭いたのに、部屋に入ると、雫《しずく》がぽたぽたと垂れた。靴下でそれを拭いて、その靴下も脱いで、服とタオルと一緒に、洗濯籠《かご》に放り込んだ。籠には、肉子ちゃんの服や靴下、パンツやタオルがぎゅうぎゅうに詰め込まれていたけれど、私の体操服は、洗ってお風呂場に干してあった。きっと、手で洗ったのだ。肉子ちゃんの大きな手でしぼった跡が、胸の『見須子』に、くっきりとついている。

私はスエットの上下を着て、台所に行った。水を小さく出し、洗い物を始めた。もちろん、「親不孝」カップもだ。

給食がなかったから、お腹が空いている。昼までだということを、昨日肉子ちゃんに言ったら、お昼ご飯を用意しておくと言っていた。でも、体操服を洗った時点で、眠気にやられたのだろう。「すごーい、すごーい」は、今や、「すごーいいいい、すごおおいいいいいいっ！」という具合になっている。いびきにも「っ！」がつく人を、私は他に知らない。

洗い物を終えてから、食器棚の下の扉を開けた。さば缶やみかんの缶詰の中から、ミートソースの缶を探した。冷蔵庫を開けると、ゼンジさんがくれた鰺の刺身と、エリンギが少し、エノキと水菜がたくさんあった。ミートソースを開け、フライパンに入れる。火をつけて、ゆっくりあっためている間に、エリンギとエノキと水菜を切って、一緒に入れた。鰺の刺身は、ラップをしたまま、テーブルに置いた。

冷凍庫から、茹でて凍らせておいたスパゲッティを取り出す。肉子ちゃんが、一人前の小分けにしているけれど、一人前が、恥ずかしくなるくらい、多いのだ。レンジに入れて、解凍ボタンを押した。

しばらくすると、ぷつ、ぐつ、と、ミートソースに穴が開いてきた。きのこと水菜は、あっという間に、しなしなになった。100円ショップで買った木べらで、時々かき混ぜると、いい匂いがする。肉子ちゃんが焦がしたから、木べらはところどころ、黒くなっている。

「すごおおお、ごおいっ！」

そろそろ起きるだろう。ミートソースのいい匂いがするから。

そういえば、マリアちゃんの家で、ミートスパゲッティもご馳走になったことがある。にんにくが効いていて、とても美味しかったけれど、私は、缶詰の味の方が好きだった。

レンジを見ると、あと20秒。醬油と、チューブのバターを少し入れて、肉子ちゃんを呼んだ。

「肉子ちゃん、ご飯出来たよ。」

「ごお?」

眠りの途中から、急に引き戻されたから、いびきと言葉が混じってしまっている。床から顔をあげた肉子ちゃんは、部屋の中にいるのに、雨に打たれた人みたいに見える。

「あっ、キクりん、おかえりっ!」

起きたてなのに、やっぱり「っ!」がつく。

「ミートスパやっ!!」

スパゲッティのことを、「スパ」と言う。

肉子ちゃんと向かい合って昼ご飯を食べるのは、随分久しぶりだった。ミートスパゲッティと、鯵の刺身。フォークとお箸を使い分けるのが面倒なのか、肉子ちゃんは、スパゲッティも、箸で食べる。そして、鯵には、醬油をどぼどぼかける。なんとなく、ゼンジさんに、失礼なのではないかと、私はヒヤヒヤする。

「美味しいわぁ、キクりんのミートスパっ!」

肉子ちゃんは、ずるずるずる、と蕎麦をすするみたいにスパゲッティを食べる。私のミートソースじゃなくて、「マ・マー」が美味しいのだし、そもそもこうやってミートスパゲッティをいつも作ってくれたのは、肉子ちゃんだ。

去年の創立記念日は水曜日で、肉子ちゃんの休みと重なった。

隣町に、小さな小さな水族館があって、ふたりでそこに行った。水槽はちゃんとあったけれど、泳いでいるのは鰺やイワシで、大きな生簀《いけす》、といった風情だった。

水族館の目玉はペンギンのカンコちゃんで、彼女は館内に放し飼いにされていた。

開館当時、カンコちゃんはとても人気者だった。カンコちゃんがよちよち歩く後ろを、子供達が列をなして歩いていた。でも、今は、その人気は低迷している。皆、ペンギンがいることに飽きてしまったのもあるし、この街から、どんどん小さな子供が減っているという事実もあった。

カンコちゃんは年を取った。少し哲学的な空気をまとっている。それが、近づき難い原因かもしれなかった。

カンコちゃんは、今では従業員みたいに館内を徘徊《はいかい》している。「わ」と驚かれることはあるものの、昔のように「可愛い！」と言われることはない。

ペンギンは、離れて見るから可愛いのだ。近くで見ると、とんでもなく目つきの悪い、いかつい生き物である。

カンコちゃんは、たまにクエーッと鳴く。ちゃんと聞くと、

「皆殺しの日ぃー！」

と、叫んでいる。怖い。

肉子ちゃんと私は、カンコちゃんを見るのが初めてだったから、ちゃんと興奮した。肉子ちゃんにいたっては、「可愛い！」とまで言った。カンコちゃんは、瞬間、懐かしそうな顔をしたけれど、すぐにそっぽを向き、

「皆殺しの日ぃー！」

と、叫んだ。

肉子ちゃんは、カンコちゃんに、ペン太、と名前をつけている。

水族館に行った後は、クリームあんみつを食べた。なんていう名前の喫茶店か忘れたけれど、「北斗」よりずっと素敵だったし、コーヒーも美味しかった。その上、おかわり自由だった。肉子ちゃんはコーヒーを3杯もおかわりした。美味しい、美味しい、と連発するので、店の人は喜んでいたけれど、肉子ちゃんが3杯目のコーヒーに、あんみつのあんこを、ぎっとぎっとに入れるのを見て、静かな顔になった。

夜は、肉子ちゃんが久しぶりに夕食を作った。今日みたいに、缶のミートソースに、きのこや余った野菜を混ぜたものだ。それは私が小さな頃から、肉子ちゃんが得意としてい

るレシピだった。レシピ、なんて言えるほどのものではないけれど。

私も肉子ちゃんの真似をして作るようになった。一応料理している気分を出すために、バターと醬油を入れることにしたのである。

「キクりん、今日は何するっ?」

肉子ちゃんの唇には、べっとりとミートソースがついている。その口に、鰺の刺身を放り込むから、やっぱり、刺身が気の毒だ。

「何するって、ものすごい雨やん。」

「雨でもええやんっ! せっかくこうやって久しぶりにふたりでおれるんやしぃっ!」

肉子ちゃんといると、私達の関係は、恋人同士みたいだなと思うことがある。肉子ちゃんが女、それも面倒臭い女の人で、私が忙しい男の人、という感じである。

「うーん……。」

「何っ? キクりん、何かやることあるんっ??」

「やることあるわけではないけど……。」

「ええやんええやんっ! ほんならペン太見に行くっ?」

「うーん……。」

「なんでっ!」

「あのペンギン見てたら悲しくなるんやもん。」

「なんでーっ！　ペン太めっちゃ可愛いやんっ！」

カンコちゃんは、この言葉を聞いているのだろうか。ペン太という、安易に間違った名前で呼んでいても、肉子ちゃんは本気で、本気で、カンコちゃんのことを可愛いと思っているのだ。雨は強い。でも、私はなんだか、カンコちゃんに、肉子ちゃんの「可愛いっ！」を聞かせてあげたくなった。

「じゃあ、いいよ。行こうか。」

「やったーっ！」

肉子ちゃんの前髪が、ぷるん、と揺れた。


肉子ちゃんに、雨合羽を着ていけと言われたけれど、頑なに断った。肉子ちゃんが差し出した、武蔵坊弁慶模様の雨合羽を着るくらいなら、死んだ方がましだ。それに、お昼ご飯の後片づけをしてから外へ出たときは、雨は弱まっていた。

私は青い傘を差したけれど、肉子ちゃんは両手が空くのがいいと言って、弁慶雨合羽を着ていた。

肉子ちゃんのことは、皆知っている。何せ、「あの漁港の肉子ちゃん」なのだ。でも、私は、学校の子に会いませんように、と、一応祈っておいた。どこからか現れたヤモリが、

「学校の子には会わない。会えるとも思わない。」

と言った。

「キクりんっ、何か言うたっ？」

「ううん。」

隣町までは、バスで行く。

ここいらの人は、ほとんど車を持っているから、バスは1時間に2本しか来ない。なのに、肉子ちゃんは時刻表を持っていない。今日も、結局バス停で20分ほど待った。

バス停は、エロ神社の前にある。「水川神社前」という標識に、誰かがイタズラをして「エロ」と書いてある。それでもエロ神社は、凜《りん》としている。

「ほほほ、由緒がね。」

「キクりんっ、何か言うたっ？」

「ううん。」

バスには、私達の他に、男の人がひとり乗っていた。ビニール製の帽子をかぶってい

る。それから、バス停をふたつ通り過ぎたけれど、誰も乗ってこなかった。

3つめのバス停、「野田公団」が近づいてくると、男の子がひとり待っているのが見えた。私と同じような、青い傘を差している。近づいてくるバスを見上げた顔を見て、私は、声に出さないで、あ、と言った。

二宮だった。

二宮は、一番後ろに肉子ちゃんと座っている私を見ても、何も反応しなかった。相変わらず暗い顔をして、一番前の席に座った。

二宮のことなんて何とも思っていなかったのに、その無反応は、私を傷つけた。自分が少なからず、二宮を探していたような気持ちになっていたし、実際二宮を見つけて、あ、と思ったことも、恥ずかしかった。

二宮は、ガラスにおでこをくっつけて、窓の外を見ていた。私は肉子ちゃんを見た。肉子ちゃんは、何故か薄く笑って、同じように、窓の外を見ている。

二宮は、バスの大きなバックミラーに映っていた。私は肉眼で見る二宮と、鏡越しに見る二宮の両方を、しっかり観察することが出来た。

バス停をふたつ通り過ぎた辺りで、とうとう、変化が訪れた。

二宮は、ぐにゅう、と、タコのような口をして、ガラスにキスをしたのだ。やっぱり、と思った。おかしな興奮で、私の背中に、小さく鳥肌が立った。尾行していた人の決定的な瞬間を目撃した探偵は、こんな気持ちじゃないだろうか。私はシャッターを切るように、指先に力を入れた。

二宮は、タコの口をした後は、堰《せき》を切ったように、次々と変な顔をしだした。口をOの字にして白目を剝く、くわっと獅子舞みたいに歯を剝き出しにする。そして最終的には、自分の両手で、両頰を思い切り伸ばして、ヒラメみたいな顔になった。

二宮は、本当に私に気づいていないのだろうか。それとも気づいていて、見せつけるように、変な顔をしているのだろうか。

しばらくすると、私達の降りる「水族館前」に着いてしまった。二宮は、どこに行くのだろうか。二宮の横を通り過ぎるとき、ちらりと見ると、二宮は、白目を剝いて、自分の唇を思い切り引っ張っていた。ガラスには、二宮の唾液が、べっとりとついている。

他の子がいなくてよかった。女子は、こんな二宮を見て、絶対に「気持ち悪い」と言うだろう。私だって気持ち悪いと、思った。でも、二宮の「変な顔」には、ただならぬ何かがあった。「気持ち悪い」で済まされない、切羽詰まった様子があった。

バスが行ってしまってから、バス停の表示を見ると、次のバス停は「ことぶきセンター」と書いてあった。

「雨やんだなぁっ！」

さっきまでの風雨が嘘みたいに、青空が広がっている。

「肉子ちゃん、暑くないのん？」

一刻も早く、肉子ちゃんに武蔵坊弁慶雨合羽を脱いでほしかった。

「日が青いって書いて、晴れと読むのやからっ！」

傘を振ると、雨粒がキラキラと光る。水族館のショボさも、カンコちゃんの凶暴さも分かっているのに、わくわくしている自分が恥ずかしかった。低学年みたいだ。二宮はもういないけれど、二宮ではない同級生だったら、暴風雨の後に、肉子ちゃんと水族館に行くのを見られて、恥ずかしい思いをしただろう。

「肉子ちゃん。」

「何？」

「ことぶきセンターって何？」

「何かのセンターなんやないっ？」

「うん、ええわ。」

水族館がある漁港は、「うをがし」の漁港よりも立派だ。

体育館のように大きな水産加工場があって、お土産屋さんが連なるモールもある。私達の街にはほとんど来ない観光客も、こちらにはちらちらいる。観光客は、すぐに分かる。水槽や冷蔵ケースを熱心に覗いて、ほほう、と声をあげてみたり、やっぱり安いね、なんて言ったりする。自分達が、旅行でこの街に来たことが間違っていなかったと、確認しているみたいに、私には思える。帰る場所があるから、この街の小ささや、静けさや、海に圧倒的に頼った生活を、羨ましいと思っている。

観光客はいても、昔の盛況さはないと、サッサンが言っていた。昔はホッケが大量に獲れて、それで儲けた人が、ホッケ御殿を建てたのだという。マリアちゃんの家も、その系統らしい。白亜の豪邸も、元は魚で造られているのだと思うと、ちょっと面白い。

水族館は子供１００円、大人は３００円だ。「こども」「おとな」と書いてあるだけで、具体的な年齢を書いていない。肉子ちゃんは、堂々と４００円を払った。係のおじさんは、ちらりと私を見ると、にっこりと笑った。

「可愛いねぇ。」

ちょっと驚いた。久しぶりに子供扱いされたような気がした。というより、こんな風に堂々と「可愛い」と言ってくる男の人に会ったのが、久しぶりだった。サッサンもゼンジさんも金子さんも、そんな風には、決して言わない。

学校の先生も、私達女子の扱いに、困っているような気がする。

もちろん大人ではないけれど、可愛いねぇ、と、軽口を叩けるほど子供でもない。体育のとき、先生が前転を手伝ってくるのが気持ち悪い、と、女子が言いだすようになったし、私でも、クラスの女の子の体操服姿、短パンから出る太ももの白さに、はっとすることがある。やっぱり、女子に、二宮の唾液を見られなくてよかった。

「ありがとぉ。」

いつもなら、きちんと敬語を使うところだ。でも、私は妙に子供じみた口ぶりで、おじさんにお礼を言った。

「今日は誰もいないからね、貸し切りだよ。」

「やったーっ!」

肉子ちゃんは、「子供っぽさの配慮」にも気づかず、私より無邪気に喜んだ。雨のせいか、汗のせいか、前髪がおでこに貼りついて、すごく、みすぼらしい。

「あっ! ぐるぐるやでっ!」

入ってすぐに、イワシの水槽がある。水槽は円柱形になっていて、イワシが竜巻みたいにグルグル回っている。肉子ちゃんはこの水槽を、「ぐるぐる」と呼ぶ。水族館の一番の目玉だと思う。つまり、この後はずっとしょぼいのである。

イワシは、水族館の青い光を反射して、キラキラと光っていた。たまに、群れからはぐれ、傷ついたイワシがいて、瀕死《ひんし》の体で水槽を徘徊している。この水槽には、絶対にこういうイワシが1匹はいる。大群が一糸乱れぬ動きをしているから、そういう1匹は、余計に目立つ。私はそのイワシばかり、目で追ってしまう。

「すごいなぁっ！　なんていうのんやろうこんなん。はる、はり。」

「ハリケーン？」

「そうそれっ！」

「同じところを回ってるだけやけど、イワシはすごい距離を泳いでる気分なんかな。」

「掃除機の宣伝みたいっ！　影響力の変わらんやつっ！」

「吸引力やで。」

「イワシめーっ！」

昔、テレビで、人間が遭難するメカニズムを実験していたことがある。目隠しをした人に、サッカー場を歩かせる。右に曲がって、ゴールまでまっすぐ行くように命じるのだけど、その人はどうしたことか、フィールドの真ん中で、ぐるぐると円を描いていた。迷うと、人間は同じ場所を徘徊する習性があるのだそうだ。

ぞっとした。

テレビの司会者は、だから、遭難したら、動かずじっとしているのがいいんです、と言っていた。私は、永遠に回り続ける自分を想像して、ちょっと泣いた。肉子ちゃんはいなくて、ひとりでテレビを見ていた。思えばそのときから、私はテレビをあまり見なくなったような気がする。その代わり、家じゅうのものが、お喋りを始めたのだった。

「目ぇ回るなぁっ！」

イワシは、弱い魚と書く。肉子ちゃんは、イワシの漢字を知らないから、よかった。瀕死のイワシは、たまにふわ、ふわ、と浮かぶけれど、頭を下にして、どんどん水槽の下に吸い込まれていった。

「あっ！」

肉子ちゃんが指差す先に、もう、いる。

カンコちゃんである。

巡回中の警備員のように、館内をふらふらと歩いていた。遠くからでも、不機嫌なのが分かる。ただでさえ飽きられているのに、こんなスタート地点にいたら、有難味が、全然なくなるではないか。

「皆殺しの日ぃー！」

カンコちゃんは、相変わらず凶暴なことを叫んでいた。

「ペン太、ペン太っ！」

肉子ちゃんは、大きな体を、ゆっさゆっさ揺らして、カンコちゃんのところへ走って行った。肉子ちゃんの方が、ペンギンみたいである。こんな対応をされるのも、久しぶりのことだろう。カンコちゃんは、目だけでちらりと肉子ちゃんを見ると、また、

「皆殺しの日ぃーー！」

と叫んだ。肉子ちゃんは構わずカンコちゃんに近寄り、頭を撫《な》でた。

「可愛いなぁっ!!」

カンコちゃんは、私と同じ気持ちなのだろう。愛されるべき、可愛い動物扱いされたことに落ち着かない様子で、目をきょろきょろ動かしている。

「可愛いなぁっ！」

肉子ちゃんは人間相手のときと同様、ずけずけとカンコちゃんの心に入ってゆく。撫でていいものか、とか、そもそも触っていいものか、などと気にしない。可愛いなぁっ、と叫んで、思うさま頭を撫でて、にこにこと笑っているのだ。

カンコちゃんは、短い手で、お腹をぺたぺたはたいた。とてもペンギンらしい仕草だった。気を遣ったのか。

私はカンコちゃんに、妙に共感した。さっきの私の、子供っぽい「ありがとぉ」を、思い出した。

「ほらっ！　キクりんもペン太撫でたりやっ！」

私は恐る恐るカンコちゃんに近づき、心の中で謝りながら、頭を撫でた。カンコちゃんの頭は、つるりとした印象と違って、ザラザラと逞《たくま》しかった。海の生き物なのだ、と、改めて思った。

「…………。」

カンコちゃんは、口を開けて、何か言おうとした。でも、何も言わなかった。

「可愛いなあっ！　ペン太のやつっ！　このっ、このっ！」

肉子ちゃんは、カンコちゃんの顔を、子供にするみたいに、自分のお腹に押しつけた。

カンコちゃんは、肉子ちゃんのお腹にくちばしをつけ、じっとしている。

「カンコちゃん、またね。」

勇気を出してそう言った。肉子ちゃんは、

「かんこちゃん……？」

と、不思議そうな顔をした。カンコちゃんは、肉子ちゃんの手の下から、私をじっと見た。目つきが悪いと思っていたけれど、真っ黒い瞳はつぶらで、きらきらと光っていた。

「肉子ちゃん、この子、カンコちゃんて言うねんで。ペン太と違うで。」

「女の子かいなーっ！　可愛いなぁっ！」

驚いたことに、カンコちゃんは、私と肉子ちゃんの後をついてきた。肉子ちゃんのお腹が心地よかったのか、それとも、怪しい私達が何かヘマをしないか、見張るつもりか。でも、えっちらおっちら、短い足で歩く様子は、やっぱりペンギンらしくて、とても可愛かった。

「なんでペン太て思ったんやろうなぁっ！」

「肉子ちゃんが分からんかったら、誰も分からんで。」

「ペン太めーっ！」

帰りに、私達はまた、あんみつを食べた喫茶店に寄った。「さぼうる」という名前だった。肉子ちゃんのせいか、店の方針が変わったのか、コーヒーのお代わり自由制度はなくなっていたし、コーヒーも、あんまり美味しくなくなっていた。

マキさんと、ブラックのコーヒーを飲んだからかもしれない。

私は少し、大人になったのだ。


漁港には、三つ子の老人がいる。

いつも海を向いて座っている。海風に当たった肌は黒く、皺がくっきりと刻まれていて、みんな細い。薄暗い日には、3本の老木が寄り添っているように見える。

3人は、帽子をかぶっている。左の老人は茶色いハンチング、真ん中の老人は黄ばんでいるけれど白いキャップ、右の老人は、黒いニット帽。でも、よく見ると、たまに3人が、帽子を取り替えていることが分かる。皆、どれも似合う。仲が良い。

3人は、昔の話をしている。この漁港が、どれほど賑やかだったか、自分たちの船が、どれほど立派だったたか。

いつも煙草を吸っていて、それがとても強い煙草なので、煙が紫に見える。波が荒れても、台風が来ても、煙はびくともしない。3人もそうだ。じっとそこに座って、動かない。海風に乗って、たまに声が届く。ひとりの声は低くて、ひとりの声は高い。もうひとりの声は震えているけれど、それが風のせいなのかは、分からない。

「後ろから、袋をかぶせられるらしいんだ。」

「そのまま、舟に乗せられて。」

「話すことも、許されない。」

血は繋がっていないけれど、悲しみを共有している点で、3人は、完全な三つ子だ。見ようによっては、3人の体のどこか、腕や、足や、脇腹が、癒着している。それぞれの血液や髄や骨、何より悲しみで、3人は繋がっている。

幽霊だ。


私が三つ子を見たのは、この街に来てすぐのことだった。どれほど荒れた日でも、台風でも、漁港に座って、じっと海を見ている3人は、異様だった。

すぐに、ぴんときた。あの人達は、もう死んだのだ。

帽子の影で、顔はうまく見えないけれど、肌がとても黒いのと、とても白い歯をしているのは分かった。

ゼンジさんや他の漁師が船に向かうとき、たまに、3人の体を知らず、すり抜けていくことがある。そのとき、大抵3人のうちの誰かが悪戯をする。頭を叩いたり、うなじをくすぐったり、膝の裏を押したり。悪戯された人は、あれ？　という顔をするけれど、誰もいないのを見てとると、首を傾《かし》げて、また、船に向かう。

私は三つ子の悪戯を見るのが好きだ。悪戯をした後、子供みたいに顔を寄せ合って笑ったりしない。三つ子は、何事もなかったように、海を見ている。各々が、各々でいるのが、私は好きだ。

三つ子は、夜に泣く。

下駄箱でマリアちゃんに、今日、家に来ない、と誘われた。私は借りていた漫画の続きが読みたかったから、行く、と言った。誰か他の子も誘うの、と聞くと、

「森さんとヨッシーとさやかちゃんと明智さんも誘ったよ。」

と言う。森さんがいつも選ぶ、バスケのメンバーだ。なんだか、嫌な予感がした。でも私は、何にも気づいていないフリをした。そして、肉子ちゃんに知らせてから行くね、と言って、いつも通り、すり橋で別れた。

気が重い。

あのメンバーだったら、集まって、皆で金本さんの悪口を言うのかもしれない。出来ることなら、行きたくなかった。漫画に惹かれた自分を、浅ましいと思った。でも、今さら、やっぱり行かないとも、言えない。

道々、行かなくて済む言い訳を考えているうち、自然と、私の足取りは遅くなった。

4年生の終わり頃からだろうか、女子が、連れだってトイレに行くようになった。初めは、誰かが生理になったからだ。ナプキンを隠すために、一緒に行くようになった

けれど、段々、何もなくても、一緒に行かなくてはいけないような雰囲気になった。マリアちゃんは、私がトイレに行こうとするとついてきて、水道のところで待っていたし、自分がトイレに行くときも、当然のように、私に一緒に行こう、と言った。

1カ月くらい前から、体育のランニングで、皆、一緒に走るようになった。髪に手をやったり、靴下を直すフリをして、ダラダラと走る。ウォーミングアップだから、先生はうるさく言わなかったけれど、私は、怒ってほしかった。ちゃんと走れ、と、言ってほしかった。きちんと走っていると、それを誰かに馬鹿にされるような気がした。私は、目立たないように、でも、きちんと走った。それがどれほど骨の折れることか、体育が終わって、分かった。私はいつもより、うんと疲れていたのだ。

「嫌やなぁ。」

思わず出る独り言は、大阪弁だ。肉子ちゃんに合わせて話していると思っていた。でも、そうじゃなかったみたいだ。それならいっそ、肉子ちゃんみたいに、大阪弁をつらぬけばいいのに、私は自然と言葉を使い分けている。肉子ちゃんのことを、浅ましいと思っていたけれど、私だって、恥ずかしいバイリンガルだ。

港が見える。

今日の海は、少し荒れている。最近、海の調子も分かるようになってきた。昔は、ゼンジさんの言う、「ちっとばか腹立ててってっけ、もうすぐ船、引き揚げてくるろ」とか、「今日は大ー人《おとーな》しくていい子ら」、そんな風に、海のことを人間みたいに言うのが、魔法の言葉みたいに聞こえた。すごく、格好よかった。でも、今なら少し分かる。

海には、きちんと意思がある。嵐の日は、何らかの原因があって、感情のタガが外れたときだ。凪《なぎ》の日は、ただただ、眠ってる。いや、眠ってるのとも違う、半眼、というのか、お釈迦《しやか》さまが目を半分細めているみたいな顔をしている。満潮のときは、大人しく見えるけれど、不安定だ。ちょっとしたことで爆発する予感を孕《はら》んでいる。干潮のときは、静かにしていて、でも、何かに飢えている。

海は、なんでも知っているような、顔をしている。決して、教えてくれないけれど。

私の周りでは、相変わらず、世界が、賑やかだ。

「遅れる遅れる遅れる約束ないけれどもー!」

トカゲがどこかで走っていて、

「世界がぼんやりと白いの。」

あれは、目の見えないカエルの声だ。

「平和運ぶノリやで。」

狡猾《こうかつ》な鳩と、

「7年潜ってまんねん。地上で死ぬために。」

夏を待っている、蟬の幼虫。

皆、私より長くこの街にいる。もう街とも言えない、この小さな集落に。

私はいつまで、ここにいるのだろう。


「キクりん、おかえりっ!!」

肉子ちゃんは、寝ていなかった。大きめの音で、テレビを見ている。またワイドショーだ。ダリシアかと思ったけれど、今日はご近所トラブルの特集だった。この家は一軒家だし、他の家とも離れているから、肉子ちゃんの「生活音ですやんっ!」を聞かずに済んでいる。

「うをがし」の隣には、「季節家庭料理　セツ」という店があるけれど、私たちが来る前から潰れているらしい。どうやら夜逃げしたようである。縁起が悪いからか、ただ単に不景気だからか、後に入る人がいないのだ。

食物を失った鼠がこちらに来る、と言って、サッサンは怒っていた。サッサンの鼠の殺し方は恐ろしい。昔ながらの籠の鼠取りで、鼠を捕まえる。そして、籠から素手で摑んで、海へ投げ入れるのだ。溺《おぼ》れ死ぬ、とサッサンは言うけれど、泳いで岸に辿《たど》り着いていている鼠を、私は何度か見たことがある。

「危なかったー、死にかけたの100回目――。」

鼠は、強い。

「今日聡田さんにアップルパイもろたで！　キクりんも食べ！」

聡田さんは、「季節家庭料理　セツ」の隣で、「波」というスナックをしている女の人だ。お化粧をしているときとしていないときの顔が、全然違う。皺を伸ばすときは、痔のクリームを使うそうだ。これが一番皺を固める、と言った聡田さんの顔は、クリームに引っ張られて、ストッキングをかぶっている人みたいに見える。

聡田さんは、何でもホットケーキミックスで作る。だから、アップルパイというよりは、アップルケーキだ。テーブルの上にハチミツとマーガリンが置いてあるから、肉子ちゃんは、林檎入りのホットケーキとして食べたのだろう。

聡田さんは、サッサンと同級生だと言っていた。だから、すごく仲がいい。鼠の殺し方も、サッサンと同じだ。素手で鼠を海に投げ入れる。殺生も何もかも、海に任せておけば大丈夫だと、この土地の人は思っているふしがある。

「キクりん、今日はどないな日やったん？」

「んー、普通。」

「普通かっ！　普通が一番ええのんやでっ！」

自分の服装を、見てみなさいよ。

「晩ご飯は7時頃来ぃやっ！」

「うーん……。」

マリアちゃんの家に行くと、大概夕飯までご馳走になる。マリアちゃんのお母さんが、どうか食べていってくれ、と、言ってくれるのだ。

「毎日お肉じゃ、嫌でしょう？　女の子だもんね。」

そう言って、出してくれるのがビーフシチュウだったりするから、驚く。それも、ビーフシチュウの素を使ったのではなくて、小麦粉を焦がすところから作り始めるそうだ。

「マリアちゃんちに行くかもしれへん。」

「そうなんやっ！　ほんならご飯よばれてくるん？」

「うーん……、でも、まだ行くかは……。」

「行かへんの？」

「うーん……、分からへん、どうしようかな……。」

「誘われたん？」

「うん。」

「でも、行きたくないん？」

「行きたくないっていうか……、いや、うーん……。」

金本さんの悪口になったら、嫌だ。

きっと皆、キクりんも森さんのチームに入りなよ、とか、言うのだろう。金本さんに選ばれても、森さんのチームがいいって言いなよ、て。私は結局、それを断れないだろう。だからといって、金本さんの誘いも、私は断れないだろう。

どちらにもうなずいて、それで、全力で逃げたくなるのだろう。

「行かんかったらええやんっ！」

肉子ちゃんが、大声で言った。いや、大声じゃなくて、いつもの声量なのだけど、私には、大声に聞こえた。私は、肉子ちゃんを見た。薄い前髪が1本、おでこに貼りついている。

「風邪引いたとか何とか、言うたらええねん！」

肉子ちゃんの口元が、テラテラ光っていた。ハチミツだ。小熊に追いかけられている肉子ちゃんを想像して、ちょっと笑ってしまった。笑えたことで、私は、ふっきれた。

「うん、そうする。ちょっとしんどいから、て、電話するわ。」

肉子ちゃんは、大きめの塊を、ほとんど一口で、平らげた。

「ひひにくはったら、電話ひたろっか?」

「言いにくかったら、電話したろっか、て?」

「ふんっ!」

肉子ちゃんの口から、ケーキの欠片《かけら》が飛び出す。

「ううん。大丈夫。」

体が、軽くなった。私は迷わず、電話を手にした。

風邪気味かもしれない、と嘘をつくと、マリアちゃんは、少し黙って、それから、大丈夫? と心配してくれた。胸が痛んだけれど、体はどんどん軽くなった。

肉子ちゃんが出勤してから、私はひとり、本を読んだ。今日は金曜日。明日も、明後日も、本が読める。仮病って最高だ。

嘘の強度を高めるために、今日は「うをがし」に行かず、ひとりで塩ラーメンを作って食べた。サッサンの肉料理も、マリアちゃんちのビーフシチュウも美味しいけれど、仮病を使って食べるサッポロ一番塩らーめんは、ものすごく、ものすごく、美味しかった。

肉子ちゃんが帰ってきたのは、夜中だった。

ゴッホの時計を見ると、1時40分。金曜日だから、お客さんも多かったのだろうし、終わってから、聡田さんのとこに飲みに行ったのだろう。ドアを開けただけで、お酒くさい匂いが漂ってきた。懐かしい。私が小さな頃、ずっと嗅いでいた匂いだ。

「キクりん寝てるから、静かにせなあかんなぁ……っ！」

肉子ちゃんは、小声で話そうとしても、どうしても「っ！」がついてしまう。そもそも、静かにしなければいけない人が、独り言を言うことがおかしい。「ぬきあし、さしあし……っ！」と言うことがあるし、その「ぬきあしさしあし」も、ギシギシと床を踏みならす、賑やかなものである。それに、ドアを開ける音で、私はもう、起きているのだ。

暗闇で動く肉子ちゃんは、「そーっ」という大きな文字を、体に張りつけている。それが一番、やかましい。

「肉子ちゃん、おかえり。」

肉子ちゃんは、びくっと体を震わせた。そして、机に、足をぶつけた。

「いたっ！　キクりん、起こしてしもた？　起こしてしもた？　ごめんやでごめんやでーっ！　寝て寝て寝て寝て寝て寝てっ！」

寝れるかよ。

「大丈夫やで、ちょうど喉渇《のど》いたとこやったから。」

「ほんま？　よかったーっ！」

肉子ちゃんが酔っぱらって帰ってくるときに、いつもいつも「ちょうど喉が渇く」わけがない。でも、肉子ちゃんは私の言うことを、絶対的に信じてくれる。

「ほな、テレビつけてええっ？」

「ええよ。」

テレビをつけると、暗闇に慣れていた目と、静けさに慣れていた耳が驚く。青白い光が、肉子ちゃんの顔を照らして、肉子ちゃんの顔は、濡れているみたいに見える。

「キクりんのまかない、お土産に包んでくれはったでっ！」

「悪いなぁ。何？」

「肉丼ですっ！」

サッサンも飲んだのだろう。酔っているときは、まかないが雑になる。肉丼は、タレで焼いた肉を、ご飯の上にのせただけのものだ。でも、それも、滅茶苦茶に美味しい。冷めても、美味しい。

「お客さん多かったん？」

私は布団に寝たままだ。喉なんて、渇いていなかった。タオルケットの乾いた匂いが、私を包んでいる。

「うん、ようさん来よったでっ！　ゼンジさん最初座られへんかったから、聡田さんのとこ行って時間潰してから来たんやでっ！」

「そうなんや。普通逆やんな。」

「せやなっ！　水割り飲んでカラオケしてからうち来てユッケ食べとったからなっ！　本末転倒いうやっちゃなっ！」

「それって、本末転倒って言わへんのやない？」

「あーっ！　喉渇いたーっ!!」

肉子ちゃんは、「親不孝」カップに水道水を満タン入れ、音を立てて飲んだ。ごくごく、という、その音までやかましい。私に「飲む？」と言わないということは、私が「喉が渇いた」と言ったことを、もう忘れているのだろう。

「今日キクりんまかない食べに来んかったから、サッサンもゼンジさんも金子さんも寂しがりよったでっ！」

「金子さん来たん？」

「来よった来よったっ！　なんかな、及川モータースの前のゴミ捨て場に、子猫捨てられとったんや言うて、めっちゃ怒っとったわっ！」

「へえ。子猫。何匹？」

「4匹やってっ！　金子さん育てるらしいわっ！　今日も、ちょっとビール飲んで、授乳せなあかんいうて帰りよったわっ！　なんで来たんやおっさんっ！」

肉子ちゃんは酔うと、言葉が乱暴になる。それは昔からだ。怒ってるわけじゃなくて、これが肉子ちゃんの地なんだと思う。

「キクりんによろしく、言いよったでっ！」

「ほんま。会いたかったわ。」

金子さんは、何故か私に、すごく優しい。私くらいの年齢の子には、大概、厳しい態度で接するのに、私には、ニャンコちゃんの肉球の匂いを嗅がせてくれたり、ワンコちゃんがあくびしている写メを見せてくれたりする。

「あああああ、やっと落ち着いげふうっ！」

肉子ちゃんのゲップは、視界を少し揺らすほど、大きい。

「げっぷ出てしもたー！」

「ほんまやな。」

「がふうっっ！」

肉子ちゃんは、テレビの前に座って、団扇《うちわ》で自分を扇《あお》いでいる。扇ぎ方も豪快である。

ぐおん、ぐおん、という団扇の音と風が、こちらまで届くのだ。

タオルケットの中から、寝ころんで肉子ちゃんを見ていると、学校をズル休みしたような気持ちになった。実際に行かなかったのはマリアちゃんの家だけなのに、学校を休んで、一日中家にいたような、そんな気持ちになった。

薄暗い6畳間に、テレビの、ぼうっとした光。こんな夜を、何度過ごしただろうか。

「肉子ちゃん。」

「んん?」

「電気つけてええよ。目ぇ悪なるで。」

「ええねんええねんっ! 目ぇ悪なる言うたかて、そない細かいこと、これからせぇへんもんっ!」

「細かいことって?」

「黒板の字ぃ見たり、映画見たり、そういうこと、お母さん、もうせぇへんもんっ!」

「分からんやん。肉子ちゃん、まだ38歳なんやから。これからまた学校行くかもせぇへんし、映画なんか見に行く可能性めっちゃあるやん。」

「ないないないないないっ!」

テレビでは、最近見なくなったタレントが、水着で相撲を取っている。大きく股を開いて転んだり、水着をお尻に食い込ませたりしている。肉子ちゃんは、動物の生態を見るような真剣な目で、それを見ている。下まつ毛だけ長い、肉子ちゃんの、小さな目。二重あご。

「なんか、ズル休みした気分やわ。」

「なんでっ？」

「うーん、なんとなく。」

「キクりんは、全然ズル休みなんかせーへんやんかっ！」

今日、マリアちゃんの家に行かなかったことを、肉子ちゃんは忘れているのだろう。

「お母さん、ズル休みばっかりしとったわっ！」

肉子ちゃんが、私の年だった頃は、どんな子供だったのだろう。肉子ちゃんが隠している、昔の写真。

「この子、うちの小学校の同級生そっくりっ！」

肉子ちゃんは、そう言うと、ごろりと横になった。

「大きいから、そのまま寝てしまうわよ。」

窓に貼りついている蛾が、教えてくれる。蛾は、肉子ちゃんのことを、随分大きな生き物だと思っているのだ。毎日見ているのに、いつも、目を見張る。

「あんなに大きな体だと、さぞかし羽も……。」

肉子ちゃんは、本当に、そのまま眠ってしまった。私は立ち上がって、肉子ちゃんにタオルケットをかけた。そして、さっき言ったことが嘘にならないように、台所で、水を飲んだ。


朝から、おかしいな、と思っていた。

いつもなら、席に着くと、マリアちゃんがまっさきに私の席に飛んできて、昨日の夜はどんな風に過ごしたか、とか、クラスの男子の服装のことなんかを話してくるのに、その日は、全然来なかった。森さんたちと、窓際で固まって何か話している。チャイムが鳴ると、席についたけれど、その間、女の子たちのなんとなく不穏な空気は、ぴんぴんに張りつめたままだった。

あーあ、と思った。

やっぱり、私がズル休みした「会合」で、何がしかのことが決まったのだろう。

ちらりと森さんを見ると、元々そういう顔なのか、少し怒ったように、先生が話すのを見ている。

1時間目が終わって、私はトイレに行った。いつもなら、私がトイレに行く素振りを見せたら、マリアちゃんもついてくる。今日は、マリアちゃんについてきてほしいのか、ほしくないのか、分からなかった。そして結局、マリアちゃんは森さん達と一緒に、私についてきた。

「キクりん、ちょっといい？」

マリアちゃんは、どこか興奮しているみたいだった。森さんや明智さん、ヨッシーとさやかちゃんは、マリアちゃんの少し後ろで、じっと私を見ている。個人的には、あんまり話すことのない子達だった。

そもそも、私はマリアちゃん以外とあまり話さないな、と、そのとき気づいた。話したくないわけではないけれど、転入してきてからずっと、マリアちゃんと同じクラスだったし、いつも皆と私の間にはマリアちゃんがいて、私が直接皆を誘ったり誘われたりすることは、なかった。

「トイレで話そ。」

おしっこをさせないつもりか、と思った。10分の休憩で、話しきれることなのだろうか。

「キクりん、金本さんのこと、どう思うん。」

マリアちゃんは、単刀直入にきた。私を見るマリアちゃんの目は、きらきらと光っていて、でも、どこか、怖がっているようにも見えた。

「どうって。」

なんて言ったらいいのだろうか。どういう風に言ったら、うまく切り抜けられるのだろうか。私はとにかく、何にも気づいていないフリをした。

「運動神経がよくていいな、て思うよ。私は球技以外だめだから。」

「そういうことじゃなくて、好き？　金本さんのこと。」

本当に、単刀直入にくる。10分休みの短さを、マリアちゃんも分かっているのだ。

「好きって……、クラスメイトらし。」

「生意気じゃない？」

啞然《あぜん》とした。同じ年の人間のことを、生意気、なんて形容するとは。

森さんを見ると、森さんは、どこか恥ずかしそうな顔で私を見た。森さんも、マリアちゃんにあおられているだけなのだ、と分かった。明智さんが、森さんの前に出て、じっと私を見ている。

「生意気って言うほど、喋ったことないから。」

「バスケのときもさ、チームに分けて選ぼうって決めたの金本さんじゃん。」

「そうらっけ。」

森さんを見た。私の視線に気づいたのか、マリアちゃんは、とりなすように言った。

「森さんは選ばなきゃいけないの嫌なんらよ、でも、金本さんが森さんにそうしなよって言うから、いやいやしてるんらよ。」

「そうなんら。」

森さんは視線を逸らした。気の強い女の子だと思っていたけれど、意外と弱いのかもしれない。

「金本さんって、ああやってクラスで仲間はずれ作って、バスケに選ばれない子とか可哀想らない？」

「うーん……。」

「金本さんは、実力じゃなくて、自分の好きな子ばっかり選んでるんらよ。」

森さんもそうなのではないか。

「キクりんだって、金本さんのお気に入りじゃん。」

お気に入り、と言われたことに腹が立った。でも、顔には出さないでいた。

「昼休みにさ、金本さんにまたバスケ誘われても、私たちは断ろう、て決めたんだて。」

マリアちゃんは、必殺技を出しますよ、みたいな、顔をした。

「昼休みは違う遊びをするっけキクりんも入んなよ、私達のグループ。金本さんは金本さんで、勝手にバスケやってればいいよ。」

森さんも、バスケが好きなのではなかったか。森さんは背が高いし、力があるから、森さんがボールを持ったら、奪うのが本当に難しかった。だから楽しかった。

「ね。キクりん。私達と一緒に遊ぼうよ。」

マリアちゃんは、私の手を握った。それは冷たいのに湿っていて、少し、気持ちが悪かった。

「でも私、バスケ好きだし。」

私がそう言うと、明智さんとヨッシーとさやかちゃんが、顔を見合わせた。その顔が、ははーん、みたいな顔をしているから、私は、叫びだしそうになった。

「キクりん、裏切るん？」

「私、バスケ好きなだけらよ。」

「じゃあ私達とバスケしようよ。」

「バスケするなら、みんなでしようよ。」

「言ったじゃん？　金本さんのやり方だったら、仲間はずれの人が出るんらよ。」

今からやろうとしていることも、立派な仲間はずれだ、と言いたかったけれど、やっぱり、言えなかった。

「じゃあ、チームの分け方を変えよう、て、金本さんに言えばいいんじゃない？」

「金本さんは絶対に言うこと聞かないよ。生意気らもん。」

だから、生意気って何だよ。

「キクりん。」

マリアちゃんは、切実になっていた。

私は転入してきた当初、真っ先に話しかけてくれたマリアちゃんを思い出した。派手な子だなぁと思ったけれど、マリアちゃんは優しかった。色々世話を焼いてくれ、それがおせっかいなものであっても、マリアちゃんは心底私を、好いてくれていた。

「うーん、私、誘われたら、バスケするよ。」

決定的な一言だったみたいだ。マリアちゃんは、大きく息を吸った。

「いいよ、行こうよ。マリアちゃん。」

明智さんが、初めて口を開いた。この子、こんな声しているんだな、と、今さらながら思った。明智さんは、どこか笑ってるみたいに見える。何かに似ている。

マリアちゃんは、私のことをじっと見ていた。森さんは、目を伏せていた。チャイム鳴れ、鳴れ、と思っていたけれど、鳴らなかった。10分休みは、思っていたより長いのだ。

私は、

「トイレ行きたいんらけど、いい？」

そう言って、なるべく優しく、マリアちゃんの手を離した。マリアちゃんは、怒ったような顔で、

「分かった。」

と言った。何故だか私は、その一言で、決定的に傷ついた。

便器に流れて行くおしっこは、黄色くて、匂いがする。大人のおしっこを見たことがないけれど、私のおしっこは、随分と子供っぽいな、と思った。黄色くて、ちゃんとおしっこの匂いがして、勢いがいい。

早くこの時代が終わればいい。早く、早く大人になりたい。

生理なんてこなければいい、大人になりたくない、と思っている自分と、それは大きく矛盾していた。でも、どちらも本当だった。どちらも、嘘じゃなかった。

子供の神様が来て、子供のままでいたい？　と言われたら、うなずくだろうし、大人の神様が来て、大人になりたい？　と言われたら、うなずくだろう。分かるのは、私は、どちらにも首を振ることはないだろう、ということ。どちらにもうなずくのと、どちらにも首を振るのは、結局同じことのようだけど、違う。

私は否定が出来ない。決定的な意思を持っていても、それを出すことが出来ない。受け入れたままで、どちらからも逃げていたいのだ。

マリアちゃんは、もう、私と一緒に帰ることはないだろう。


昼休み、いつものように金本さんが教壇に立った。何も言わなくても、女子はそこに集まって、いつものチーム分けをすることになっているのだ。でも、マリアちゃんや森さん達は行かなかった。

金本さんをしり目に、マリアちゃん達は、普段バスケをしない女の子達、教室の隅で漫画を書いている岸さんや、その絵を見ている河原さんと野上さんに、声をかけた。

「一緒に遊ばない？」

3人は、マリアちゃん達の誘いに驚いていた。でも、マリアちゃんに、行こうよ、と腕を引っ張られて、思わず立ち上がった。

「いつもバスケのメンバーに選ばれない子も、一緒に遊ぼうよ。」

マリアちゃんが声を出すと、教室内をぴりり、とした空気がつつんだ。運動場に出遅れた谷中という男子が、

「おっかねー、女子の分裂だ。」

と言うのが聞こえた。

森さんやマリアちゃん達は、しばらく扉のところで、自分達に加わる女の子を待っていた。でも、金本さんの周りに集まった女の子達は、急なことで、身動きが取れない状態だった。

「行かないん？　いいいん？」

マリアちゃんがもう一度念を押すと、筧《かけい》さんとスミちゃんが、恐る恐る輪から離れた。いつも選ばれず、コートの外でつまらなそうに応援している子達だ。

出て行くとき、マリアちゃんは私のことを、すごい顔で睨んで行った。眩暈《めまい》がした。金本さんも他の皆も、唖然とした顔で、それを見送った。私は、なんとなく席を立ったままで、教壇にも行かなかったし、マリアちゃん達を追って、廊下に出ることもなかった。宙ぶらりんだ。何にもふわふわとうなずく、私の状態が、それだった。

「チーム分けしよう。」

金本さんは、強い。何もなかったみたいにふるまっている。

「キクりんもするっしょ。」

ほっとした。動く理由が出来た。私は、誘われたから、じゃあ、という感じで前へ行き、皆の顔を見た。バスケをする子もしない子も、どこか興奮しているように見えた。これは、1組の女子の、大きな転機なのだ。私は、なるべく、何にも気づいていないような顔をして、教室の床を足でほじくったりしていた。

「何なん、あの子達。」

穂積さんがそう言った。穂積さんは、金本さんがいつも2番目に選ぶ女の子だ。

「なんか、感じ悪いよね。」

他の女の子たちも、堰を切ったように、本当だね、とか、なんとか言って、金本さんを見た。金本さんは、マリアちゃん達が出て行った扉を、いつまでも睨んでいた。

その日初めて、チーム分けが、じゃんけんで行われた。

残った10人全員が、バスケをした。


初めて、盆踊りに来たときは、驚いた。

猿商に夜店が並び、小学校の運動場のまんなか、桜の木の横に、大きな櫓《やぐら》が立てられる。そして、町中の人がやってくる。

横浜や東京でもお祭りには行ったけれど、大きすぎるものか、小さすぎるものか、そのどちらかだった。

大きすぎる方は、東京で行った。祭り、というよりは、公園のフェスティバル、といった感じだった。いろんな国の人が屋台を出していて、盆踊りはなく、ステージで歌手が歌ったり、ダンサーが踊ったりしていた。肉子ちゃんは、気の遠くなるほど長い屋台の列に並び、「高いやんけっ！」と怒鳴りながら、ケバブやビールを買っていた。

小さい方は、横浜に住んでいたとき、近所の寺であった盆踊りだった。一応櫓のようなものは組んでいたけれど、低いし、踊っている人は数人しかいなかった。屋台も、たこ焼き、金魚すくい、スーパーボールすくい、綿あめ、と、一通りのものはあったけれど、ぐるりと一周したら、もうそれで、終わってしまった。

猿商の盆踊りは、私が思い描く「盆踊り」そのものだった。

櫓の高さは、ちょうど桜の木を追い越すくらい、てっぺんでおじさんが太鼓を叩き、櫓を囲んで、盆踊りの輪が3重ほどになっている。櫓の上から電飾が方々に伸び、それは青い葉をした桜の木にも巻かれている。黄色い電飾は、踊っている皆の顔を照らし、ゆらゆらと揺れるものだから、大きな火を囲んでいるような気持ちになる。

屋台は、運動場の中にも並ぶ。「餃子棒」や「焼ききんつば」のような変わりだねもあれば、「林檎飴」と「イカ焼き」ももちろんあって、金魚すくい、ヨーヨーすくい、射的、スマートボールなんかも来る。

門のところでは、抽選券を１００円で売っていて、猿商の店や、街の人達から寄付された電化製品、本やおもちゃ、洋服や、スクーターまで当たる。景気のいいときは、車なんかもあったそうだ。当たらなかった券の売り上げが、翌年の景品にまわされる仕組みになっている。

街の人達全員が参加していることが、私には信じられなかった。盆踊りに行けば、この街にどんな人がいるかを、把握することが出来るのだ。見たこともない人はもちろんいるけれど、大概は誰かの知り合いで、遠くても、知り合いの知り合いだった。

この街には、都会に出て行く人がたくさんいて、残る人も多かった。漁業を継ぐ人もいれば、地元の役所に勤める人、隣町の水産加工場へ行く人もいるし、ホテルに勤める人もいる。景気は決してよくないけれど、多くを望まなければ、何らかの仕事がある。

そして、中には、都会から帰ってくる人がいる。マキさんもそのひとりだと、誰かが言っていた。マキさんが東京の人と結婚していたことは知っているけれど、どんな人なのか、東京で何をしていたのかは、知らなかった。猿商でひとり、東京の言葉を話すマキさんを、皆がどう思っているのかも、分からない。

ここは、本当に、小さな街だ。

けっこうなおじさん同士が、小学校のときの話をしていたり、私には随分な大人に見える人が、中学時代の先輩後輩関係をすごく重んじていたりするから、驚く。その中には、初恋の人がいたり、昔の奥さんや旦那さんがいる。肉子ちゃんみたいに、誰かの奥さんにぼこぼこにされた人だっているし、ぼこぼこにした奥さんもいるのだ。

小さな頃の人間関係が大人になっても続くのって、どういう気持ちなのだろう。今のクラスメイトと、大人になっても、この街で顔を合わすのだろうか。バスケットボールにまつわる苦い思い出を、皆は大人になっても、引きずるのだろうか。

あれから、クラスの女子は、相変わらず二分している。バスケットボールをする金本さんや私達のグループと、絵を描いたり一輪車をする、森さんとマリアちゃん達のグループだ。

終業式でも、お互いのグループは挨拶もしなかったし、私はもちろん、マリアちゃんと一緒に帰ることはなかった。分裂が始まった日から、マリアちゃんは、同じ方向の岸さんや明智さんと一緒に帰っていた。そして、すり橋のところで立ち話をしていることが、多かった。

3人がすり橋で話をしている横を通るのは、辛かった。マリアちゃんは私を見ても、挨拶もしないし、それどころか、急に声をひそめて、ひそひそと3人で何かを話す。そして、私が通り過ぎたら、大声で笑うのだ。こんな仕打ちをされるほど、悪いことをしたのだろうか。素直にマリアちゃんに従って、森さん達のグループに入っていればよかったのか。マリアちゃんの意地悪に、私は参ってしまった。

だから夏休みは、私にとって、救いだった。誰かに誘われたり、学校のプールに行ったり、皆と顔を合わす機会はあるけれど、少なくとも、毎日学校に行かなくていい。教室の女子の、あの不穏な雰囲気を感じる必要もないし、絶望しながら、すり橋を渡らなくてもいいのだ。

私は、夏休みの間、たくさん本を読んだ。「女生徒」「こころ」「かもめのジョナサン」「悪童日記」。私は本を開くと、簡単にその世界にのめり込んで、だからといって、簡単に「こちら側」に帰ってこられなかった。特に、海が出てくる話は、私をやすやすと捕まえた。

「かもめのジョナサン」を読んだ後、海に出て思い切り匂いを嗅ぎたくなった。空から海めがけて落ちて、波を叩き、ギリギリのところで旋回したいと思った。自分に羽がないことは、関係なかった。海の匂いは、私も知っているのだ。

マリアちゃんに借りた漫画は、返せないまま、ずっと机に置いたままだ。

肉子ちゃんは、盆踊りの前日から、わくわくと落ち着かなかった。

盆踊りの日は、「うをがし」も休みになる。街の人は皆、その日にかけているのである。「重松」も店を休んで、露店でコーヒーを売る、と聞いた。いい加減、お茶売れよ。

「キクりん、盆踊りはマリアちゃんと行くんっ？」

肉子ちゃんの、当然、という感じの質問が、辛かった。でも、私は、なんてことない風に、答えた。

「金本さんと穂積さんとリサちゃんと行くで。」

前から知ってたでしょ、という感じだ。でも、肉子ちゃんは素直だから、小さな目を丸くした。

「へえっ、それって、誰っ？」

私は、あれ、知らなかったっけ、という顔をした。

「バスケ一緒にやってる子。」

「キクりんって、友達多いんやなぁっ！」

肉子ちゃんは、私の脇腹を、指でつん、つんと、つついてくる。ふたりしかいないのに、なんだか、恥ずかしくなった。だから、聞かれてもいないのに、

「マリアちゃんは、別の子と行くみたいやで。」

と、言ってしまった。しまった、何か含んだような言い方だったかな、と思ったけれど、肉子ちゃんは、指をひっこめて、

「そうなんやっ！」

と、言っただけだった。当然かもしれないけれど、1組の女子の不穏さに、微塵《みじん》も気づいていない。鼻歌を歌いながら、テレビをザッピングしている。

肉子ちゃんが、勘の鈍い人でよかった。色々聞かれたら、面倒だもの。

でも、同時に、心のどこかで、今の私の境遇に気づいてくれたらいいのに、と、願ってもいた。肉子ちゃんなんかに相談して、何が変わるわけではないけれど、この、なんとも嫌な気持ちを、小さな絶望を、誰かに知っていてほしかった。

そういえば、肉子ちゃんがあの日、マリアちゃんの家に行くのが嫌だったら行かなければいい、と言わなかったら、私の今の境遇は変わっていたかもしれないのだ。そう思うと、肉子ちゃんのことを、お門違いに恨む気持ちになった。餓鬼っぽい感情だとは、分かっていたけれど、次々に変わるテレビの画面を見ていたら、何も知らない肉子ちゃんが、恨めしくなった。

「肉子ちゃん。」

「何っ？」

振り向くために、肉子ちゃんが指を止めたチャンネルは、手話ニュースだった。真面目な顔で手話をしている女の人を背景に、こちらをじっと見ている肉子ちゃんは、どこかおかしかった。というより、何が背景でも、肉子ちゃんはおかしいのだ、きっと。

結局、何を言いたいのか、分からなくなった。だから、肉子ちゃんは、誰と行くの、と聞いた。

「サッサンとゼンジさんと、あと、店のなんやかやと行くわっ！」

大切なお客さんを「店のなんやかや」、と言ってのける肉子ちゃんは、強い。二重あご。笑ってしまった。肉子ちゃんには、何の罪もないのだ。

あの日、肉子ちゃんの言うことを聞き入れずにマリアちゃんの家に行ってたって、私の境遇は変わらなかっただろう。金本さんから離れて違う遊びをしよう、と言われても、きっと、うなずかなかっただろう。その時間が少し遅れて、女子トイレのあの時間に変わっただけだ。だって私は、誰かを攻撃するより、攻撃される側にいる方がいいのだから。その方が、気が楽だから。とても卑怯《ひきよう》な選択だと分かっているけれど、じゃあ、私に何が出来るというのだろう。

私は自分で、何かを決めたくないのだ。

手話ニュースでは、石油タンカーの転覆事故を報じていた。肉子ちゃんは、画面を見て、ひどっ、と言った。

すり橋で、マリアちゃん達に会いませんように、と祈りながら、家を出た。

外は、淡い夕焼けだった。薄紫の雲が、だいだい色の空に浮かんでいる。すごく綺麗だ。今朝雨が降ったから、空気を洗ったのだろう。ビーチサンダルで歩いている自分の足音が、ぺたぺたと涼しい。忙しいトカゲが、すぐそばを通り過ぎていって、木の上では、7年目にやっと地上に出た蟬が、叫んでいた。

「長らく待ったけどこんなもんです！」

彼らの命は、とても短い。

すり橋には、誰もいなかった。ほっとした。嬉しくなって、私は、わざとゆっくり、時間をかけて、橋を渡った。ぎし、ぎし、と音を立てるけれど、そうだ私は、この橋が好きだったのだと、思い出した。ボロボロの欄干を撫でると、淡水でも海水でも生きられる魚が、水路を泳いでいった。

少ししか歩いていないのに、空はもう、真っ赤だった。

猿商の入口に行くと、金本さんたちが、浴衣《ゆかた》を着て立っていた。

金本さんは、赤にダリアの浴衣、穂積さんは淡いピンクに小菊。リサちゃんの浴衣は紺地に金魚が泳いでいた。猿商は、いつもの寂《さび》れた感じとは違って、活気に溢《あふ》れていて、その空気の中を、金本さん達がひらひらと泳いでいるみたいだった。

「あれ、キクりん、浴衣着ないん？」

持っていないのだ。

「うん、なんか面倒臭くって。」

「えーもったいないよー。キクりんなら絶対似合うのに。」

「そうらよ。絶対似合うよ、キクりん超可愛いもん！」

「そんなことないよ。」

改めて思うけど、うちって貧乏だ。

「何から食べる？」

皆、着なれない浴衣のせいか、華やかな商店街のせいか、うんと興奮している。

「食べるの決めとかなきゃ、お腹いっぱいになるっけさ。」

「そうらね。かき氷は絶対でしょう、ラムネも飲みたいし、あ、焼きそばも。」

「綿あめは？」

「綿あめと林檎飴は持って帰ったらいいんらよ。」

「そっかそっか。ねー金魚すくいは絶対にしようて！」

「するする、誰が一番たくさん取れるか競争しよう！」

私は皆の声を聞きながら、学校へと続く提灯《ちょうちん》の列を見ていた。提灯は、丸々として、赤くって、太った金魚みたいだ。

「キクりんは、何が食べたい？」

「え、たこ焼き。」

咄嗟《とっさ》に出た。提灯を見ていたからだ。

「じゃあ、たこ焼き食べよう！」

金本さんが、私の手を取った。体温がすごく高くて、金本さんは、私のことが好きなんだ、と思った。

「あ。」

私達が手を繋いで歩きだすと、「ＭＵＳＥ」から、マリアちゃんが出てくるのが見えた。トモキさんに、髪の毛をセットしてもらったのだろう。

「見て。マリアちゃんらよ。」

穂積さんが、顔を近づけてくる。穂積さんは、夏休みが始まったばかりなのに、すごく日焼けをしている。

「トモキさんにセットしてもらったんじゃない。」

「むかつくー。」

「絶対調子乗ってるよね。」

「ひとりなのかな。あれ、マリアちゃんのお母さんらよね。」

マリアちゃんは、お母さんと連れ立って歩き始めた。森さん達と来ていると思ったけれど、そうじゃないみたいだ。

「見て、あの帯。派手らよねぇ！」

「自分をお姫様か何かだと思ってるんらよ。」

「ねぇ。」

マリアちゃんの浴衣は、白地に赤やピンクのバラ模様、帯は淡い紫のオーガンジーを、プレゼントのリボンみたいにくるくると巻いている。髪の毛は、大きなソフトクリームがふたつ載っているみたいなお団子だった。

「ばっかみたい。」

穂積さんが言う。金本さんもリサちゃんも、笑った。私は、笑えなかった。曖昧な顔で、やっぱり提灯を見た。金魚みたいな提灯、じっと見ていると、怖くなる。マリアちゃんは、私達に気づかないまま、お母さんと一緒に、人ごみの中に姿を消した。

門のところには、抽選券を買う人達の列が出来ていた。今年の1等の商品は、東京ディズニーランドのペアチケットだった。

「わあ、ディズニーランドのチケットらって！」

「欲しい！」

「キクりん、ディズニーランド行ったことあるん？」

「ううん。ないよ。」

「えー、東京に住んでたんじゃないいん？」

「うん。でも、行かなかった。」

「もったいないなぁ！」

改めて、やっぱりうちって、貧乏なんだな。

私はディズニーランドに行きたいと言ったこともないし、思ったこともない。マリアちゃんは何度も行ったことがあると、言っていた。でも、それも自慢するものだから、皆に嫌がられていた。

「抽選券買おうよ。」

「何枚？」

「え、ひとり1枚なんじゃないいん。」

列に並んでいる間に、リサちゃんが、他の商品を、声に出して読んでいった。

「2等　ペルシャ絨毯《じゅうたん》　3等　オーブンレンジ　4等　Wii　5等　庭石。」

「なんだかまとまりがないね。」

「何か欲しいものある？」

「Wiiだけ。」

「庭石って、庭なかったら意味ないじゃんね。」

抽選券の列には、マリアちゃんも並んでいた。皆はそれぞれの話に夢中で気づかなかったけれど、私は、振り返ったマリアちゃんと、目が合った。マリアちゃんは、いつもみたいに私を睨んだりせず、どこか恥ずかしそうに、目を逸らした。お母さんと来ていることを、恥じてるんだな、と思った。

抽選券を買って、運動場に入ると、輪になって踊るたくさんの人が、目に飛び込んできた。お爺さん、お婆さん、おじさん、おばさん、赤ちゃんを背負った男の人、派手な化粧の女の人、小さな女の子、男の子、たくさんの人が、馬鹿みたいに同じ動きをして、櫓の周りをぐるぐる回っている。なんだかおかしくなって、思わず笑った。

「何？　キクりん何笑ってん？」

金本さんは、私の変化に敏感だ。

「ううん。なんか盆踊りって、おかしいなぁと思って。」

「なんで?」

「だって、同じ動きで、同じところをぐるぐる回るんらよ。」

「盆踊りって、そういうもんじゃん。」

「だけど、面白いよ。」

「何それー、キクりんって、天然らよね!」

金本さんの赤い浴衣に、そっと触った。ぱりっとしていて、とても素敵だった。

運動場には、ぎっしりと屋台が出ている。私達はたこ焼きを買って、歩きながら食べた。食べるとすぐに喉が渇いて、私と金本さんはラムネを、リサちゃんと穂積さんはかき氷を買った。

金本さんは元々背が高いから、下駄を履くと、うんと高く見える。私も背が高いけれど、この人ごみは辛い。私達ははぐれないように、また、手を繋いで歩いた。

「私、嬉しんだて。」

ふいに、金本さんが言った。

「何が?」

「キクりんと、こんなに仲良くなれて。」

お祭りだからだろうか、金本さんの頬は、赤く染まっていた。興奮しているのだ。確かに私達は、どこから見ても、仲のいい友達同士に見える。しっかり、手を繋いでいるのだもの。

私は最近まで、金本さんのことを何も知らなかった。バスケの上手な、気の強い女の子だということくらいしか。中学生のお兄さんがいて、そのお兄さんもバスケをやっているということ、お笑いが好きで、好きな芸人の出ているテレビはすべて録画していること(金本さんは芸人を「芸人さん」と、さんづけで呼んでいた)、小2のときにものもらいが出来たこと。そういうことを、最近知った。

「今まではさ、キクりんのそばにずっとマリアちゃんがいたじゃん? なんか、壁作ってるって感じで。だっけ、仲良くしたいなと思っても、出来なかったんらよね。」

「そうそう!」

穂積さんも、振り返って言った。穂積さんはものすごい直毛なので、三つ編みにした髪が、もうほどけかけていた。髪の束のせいで、肩の小菊が、ひとつ隠れている。

「だから、マリアちゃんはうざいけど、こんな風にキクりんと仲良く出来て嬉しんだて。」

なんて言っていいのか、分からなかった。

「ありがと。」

結局、私はそう言った。恥ずかしそうに目を逸らしたマリアちゃんが浮かんで、それは、すぐに、すり橋でこちらを睨んでくるマリアちゃんに変わった。マリアちゃんが皆に嫌われるのは、仕方がないと思った。金本さんと手を繋いでいるのに、私は、さっき触った、すり橋の欄干の、ザラザラとした手触りを、思い出していた。

「あ！　キクりん！」

肉子ちゃんの声がした。声がした方を見ると、お好み焼き屋のテーブルで、サッサンとゼンジさん、金子さんと聡田さんが座って、ビールを飲んでいた。肉子ちゃんは、こちらに大きく手を振っている。

「楽しんでるぅっ!?」

肉子ちゃんは、お酒を飲んでも、ゼンジさんみたいに赤くならない。でも、すぐに酔っていると分かる。細い目が、ますます細くなって、だらん、と、垂れる。口元も、なんとなくだらしなくなって、それはそのまま、肉子ちゃんの、糞男への態度を思わせるのだ。

私は返事をせず、軽く手をあげただけで、その場を離れた。そのとき、金本さんの手を離してしまった。

「あれ、キクりんのお母さんらよね。」

金本さんが聞いてきた。「修羅場」があった後、皆が見せたような顔をしている。興味津々、ていう顔。私は、嫌な気持ちになって、少し、乱暴に答えた。

「そうらけど。」

「若いよね、すごく。」

気を遣っているのだろうか。金本さんは、私の顔を、覗き込むようにそう言った。

「そうかな。」

「若いよ。」

わはー、と、笑う、肉子ちゃんの声が聞こえる。若い、というのは、ほめ言葉じゃない。皆の「普通の」お母さんらしくない、てことだ。

「でも、似てないよね。」

皆が絶対に言うことを、金本さんも言った。肉子ちゃんの目、細くて、垂れていて、だらしない。二重あご。

「そうかな。」

「うん。全然似てないよ。」

浴衣を着ていない自分が、急に恥ずかしくなった。ビーチサンダルなんて安っぽいもの、履いてこなければよかった。

振り返ると、肉子ちゃんはお好み焼き屋の男から、新しいビールを買っているところだった。男は汚い金髪をしていて、髪の毛をぴんぴんに立てていた。ああ、肉子ちゃんが好きそうなタイプだ。

「お好み焼きの味、試させてもらいまひょかっ！」

「おお、緊張するなぁ！」

「不味かったら、金返してもらうでぇっ！」

肉子ちゃんは、随分はしゃいでいる。今まで一度も、家でお好み焼きなんて作ったことないくせに。こういう場所で、「大阪」をアピールするのって、本当に、浅ましい。

「行こう。」

一度離した手は、もう繋がない。金本さんは、うん、と言って、私の後についてきた。

私達は金魚すくいをした。リサちゃんが一番すくったけれど、取った金魚はすべて店に返した。

「猫が食べちゃうけさ。」

リサちゃんが猫を飼っていることも、初めて知った。

射的をして、私はお城のプラモデルを当てた。皆がそれを見て、笑った。イカ焼きを買って、校庭のブランコに座って食べた。大阪のイカ焼きは、こんな風に姿焼きじゃなくて、卵と一緒に焼いているのだと、肉子ちゃんが言っていた。もちろん私は、そのことを皆に言わなかった。

「美味しいね！」

「ねえ。」

イカなんて、いくらでも食べたことがあったのに、外で食べると、美味しかった。砂場には小さな子供の家族連れがいて、ビールを飲みながら、櫓を見ている。ビールなんて飲んだことがないけれど、外で飲むと、美味しいだろうな、と思う。

「これで花火が上がれば最高らけどね。」

「ね。」

足が疲れたのか、みんな下駄を脱いで、素足になった。足を土につけて、

「地面がぐにゃぐにゃする！」

と叫びあう。裸足で校庭をふらふらと歩く3人のシルエットは、カンコちゃんみたいだった。浴衣のすそが、砂で汚れてしまう。

「あ、クラスの男子だよ！」

穂積さんの指さした先に、クラスの男子が固まっていた。ジャングルジムに登って、派手なかき氷を食べている。

「あ！」

男子も、私達を見て、声をあげた。

夏休みは始まったばかりなのに、学校以外で男子に会うと、変な気恥ずかしさがある。男子もそうなのだろう。いつもみたいに憎まれ口を叩いたりしないで、もじもじと、こちらを見ている。

「何食べてんの？」

意を決して、穂積さんが聞いた。見れば一目瞭然だ、かき氷である。でも、

「かき氷！」

男子は、律義に返事をした。嬉しいのだ。

盆踊りの曲が変わった。「東京音頭」だ。汗だくになって輪から離れる人、輪に加わる人で、運動場には波が出来た。電飾で飾られた桜の木は、いつもより大きく見えて、ちょっと怖い。

「ちょっとちょうだい！」

「じゃあこっち来いて！」

「あんた達が来てよ！」

皆、恥ずかしさで、くすくす笑っている。谷中が、私をじっと見ている。「おっかねー、女子の分裂だ。」と叫んだ男子だ。私がマリアちゃんと一緒にいないことを、どう思っているのだろうか。何故だか急に、谷中に腹が立った。のんきな奴め、と思った。

谷中から目を逸らすと、ジャングルジムの向こうに、二宮が歩いているのが見えた。

「あ。」

二宮の隣には、桜井と松本も歩いている。あのふたりも、随分久しぶりな気がする。

「あー、桜井と松本らよね、あれ。」

リサちゃんが言う。リサちゃんは、少し斜視だ。私を見ていても、どこか上の空に見える。

「あのふたりって、キクりんのこと、いつも見に来てるよね。知ってる?」

「知ってるー!」

皆が騒ぐ。松本と桜井は、その騒ぎに気づいて、こちらを見た。ひとりだけ浴衣を着ていない、ビーチサンダルの私を。

「見須子《みすじ》だ。」

私は、二宮を見ている。

はあああああ　踊り踊るなあああら　ちょいと東京音頭　よいよい
私はディズニーランドに行ったこともないし、東京音頭で、踊ったこともない。

東京で、私は、何をしていたのだっけ。

「ほら、ふたり、またキクりんのこと見てるよ。」

リサちゃんが言った。リサちゃんの舌は、メロンのかき氷のせいで、綺麗な緑色をしていた。

二宮は、歯を剝き出しにして、目をかっと見開いた。黄色い光に照らされて、二宮は、小さな鬼みたいに見えた。

よいよい

海で魚を探していたときだった。

彼女の目の前には、イワシの大群がいた。代わる代わる群れに突っ込んでイワシを錯乱させ、群れからはぐれた者を、仲間が捕える。そしてお腹がいっぱいになると、交代するのだ。遠くに鯨も見えていたけれど、こちらには近づいてこなかったし、鯨は、そもそも敵じゃなかった。

恐ろしいのは、鮫だ。目の前で仲間が死んでしまうのを、彼女は何度も見ていた。

彼女は、1年ほど群れを離れ、大人になって仲間と共に故郷に戻ってきていた、若い雌だった。イワシ達は、彼女の前でぐるぐると旋回した。突っ込むと、さあっと道を空けたけれど、また同じ群れに戻った。まるで、一匹の、大きな生き物みたいだった。

彼女がイワシを何匹も飲み込んでいるとき、突然、目の前が暗くなった。

数々の危険を経験してきた彼女だったけれど、嫌な予感がした。

彼女が知っている海は、敵が多くて、殺戮《さつりく》があって、暗闇があったけれど、決して暗くなかった。

今、海はとても、とても、暗かった。

重い羽を広げて上昇すると、海面に黒い塊が見えた。近づくと、仲間が固まって浮かんでいた。ほっとしたけれど、海面に出ると、遠くに、見たこともない大きな船が、左に傾いでいるのが見えた。船は海に黒いものを流していた。彼女が今まで見た中で、一番不吉で、恐ろしい場面だった。

仲間は驚いて、お互いに噛みついたり、海に潜って滅茶苦茶に飛んだりしたけれど、やがて1羽が苦しみだした。黒い水を飲んだんだ、と、誰かが叫んだ。黒い水を飲んではだめだ。

1羽は、苦しみにもだえながら死んでしまった。1羽が死ぬと、また1羽が死んだ。彼女は怖くてぶるぶる震え、仲間のするように、浜を目指して、全力で泳いだ。羽が重かった。海は、黒い水で覆いつくされていた。たくさんの魚と、鳥と、あれだけ強かった鮫の死骸を、彼女は見た。とても臭かった。

やっとの思いで辿り着いた浜にも、たくさんの死骸が転がっていた。仲間もいれば、敵も、鳥も、魚もいた。数日後には、大きな鯨の死骸が打ち上げられた。

彼女の体は黒い水で汚れた。それは、彼女から体力を奪った。でも、直前に、イワシをたくさん食べていたのがよかったのか、彼女と仲間は、浜で生きていた。

そこに、人間が来た。

人間を見るのは、初めてじゃなかった。人間の中には、危害を加える者もあったけれど、大概は離れたところから、自分達を見ているだけだった。

でも、今回は違った。人間は彼女達を捕えようとした。彼女達は逃げたけれど、陸では人間の方が有利だった。彼女と仲間達は、あっという間に捕えられた。大きな檻に入れられ、そのままトラックの荷台に積み込まれた。そして気がつくと、小さな部屋にいた。

檻を開けた人間を、彼女は死に物狂いで攻撃したけれど、人間は、彼女のくちばしを縄で結わえ、ふたりがかりで抱きかかえた。黒い水のついた体では、思うように動けなかった。

人間は彼女を、泡立った浴槽に入れた。上からシャワーをかけ、彼女の体をブラシで熱心にこすった。彼女は怖くて、目のくらむ思いだったけれど、一方で、だんだん体が軽くなっていくのを感じてもいた。そして、完全に元の軽さを取り戻したとき、人間は彼女を抱きしめて、何か言った。そして、くちばしの縄を取り、彼女を別の部屋に連れて行った。

そこには、元の姿に戻った仲間がいて、プールがあって、陸地があった。仲間達は、桶にいっぱいに入ったイワシやニシンを食べていた。イワシもニシンも死んでいたけれど、お腹が空いた彼女は、我を忘れて、それを食べた。そして、仲間達とプールで泳ぎ、疲れて眠った。

そこでの生活が、どれほど続いただろう。彼女達はまた檻に入れられ、トラックに載せられた。トラックの中は暗く、あまりに長い時間揺られていたけれど、怖くなかった。海の匂いがしたからだ。

トラックから降ろされ、彼女が見たのは、やっぱり海だった。でも、そこは彼女らが暮らした、家族の待っている海ではなかった。たくさんの人間がいて、車が停まっていて、荷物があった。そして何より、あの「船」があった。

でもその「船」は、海を黒い水に変えた、あの船とは違っていた。船は静かで、安らかだった。彼女達はそれに載せられ、長い長い、気の遠くなるほど、長い旅をした。

彼女は、ある施設に着いた。そこには仲間がいた。大きな鮫や、マンタやマンボウ、クラゲやタカアシガニもいた。施設は大きくて、彼女らの暮らす水槽も、とても大きかった。彼女は、時々水槽を出て、イルカのいるプールで水浴びをした。イルカはとても賢くて、人間によくなついていた。

数年、そこで暮らした。彼女は若くて健康な雌だったけれど、子供を産むことはなかった。

別れは、急にやってきた。またトラックがやってきたのだ。仲間は彼女のために泣き、施設の人間は、もっと泣いた。そして水槽を離れるとき、彼女を抱きしめた。人間に抱きしめられたのは、2度目だった。

彼女は再び、長い旅をした。その頃にはもう、トラックに揺られることになれっこになっていた。トラックが着いたところは、寒い土地だった。彼女は寒さに慣れていなかったけれど、連れられていった施設は、暖かかった。そこには、以前の施設のように、仲間はおらず、大きな鮫も、マンタもマンボウも、いなかった。

でも、イワシがいた。大群だ。大きく渦を巻いて、泳ぎ続けていた。時折、回転からはぐれた1匹がふらふらと水中を漂っていて、彼女は、思い出した。

この群れに突っ込んで行きたい。イワシを追いたてて、イワシの道を通って、仲間に腹いっぱい食べさせ、そして、自分も食べるのだ。

でももう、仲間はいないのだった。

彼女はそこで、水槽にいても、外に出てもよかった。人間が大挙して押し寄せることもあったし、誰もいないこともあった。その方が多かった。

新しい施設の人間は、彼女に名前をつけた。そして時々、彼女の頭を撫でたり、体を洗ったりした。

彼女の体は洗うと水を撥ね返し、清潔に光ったけれど、彼女は忘れなかった。

恐ろしい、あの黒い水を、決して忘れなかった。


夏休みの間でも、水族館は閑散としていた。

私がいつ行っても、カンコちゃんは悠々と館内を歩き、その歩みを、誰も邪魔する人はいなかった。受付のおじさんは、私のことを覚えていて、時折、しーっと言いながら、お金を取らないで、中に入れてくれた。とことん、子供扱いをするおじさんだった。私は、おじさんの前に行くと、いつも、ありがとぉ、と、大きな声でお礼を言った。

水族館には、いつもひとりで行った。肉子ちゃんは、「うをがし」で忙しかったたし、金本さんや、リサちゃん達を誘うのは、嫌だった。

私は少し離れたところから、カンコちゃんを見て、時々、頭や体を撫でた。カンコちゃんの頭は、相変わらずざらざらとしていて、水槽の青い光を浴びて、ぼんやりと光った。

カンコちゃんは時々、イワシの水槽をじっと見ていることがあった。カンコちゃんの餌はイワシである。でも、水槽のイワシと、自分の餌を、カンコちゃんが結びつけられているのかは、分からなかった。

「カンコちゃんは、アフリカから来たんらよ。」

係の人が、そう教えてくれた。アフリカにも、ペンギンっているのだと、驚いた。南極や北極や、とにかく寒いところにしかいないと、思っていたから。

「もう、かーなりなおばあさんなんらて。」

カンコちゃんは、ずっとひとりなのだろうか。自分のことをペンギンだと、分かっているのだろうか。

「カンコちゃん。」

私が呼んでも、カンコちゃんは、ペンギンらしい返事をしない。

ただじっと、回転するイワシを見ているのだ。

夏休みの終わりに、ゼンジさんに「やまと丸」に乗せてもらった。

漁船にも、船にも乗るのが初めてだったから、興奮した。乗る前に、船の小説を読んでおこうと思って、本棚を探した。「蟹工船」が見つかったけれど、1ページ目を開いて、なんだか嫌な予感がして、やめた。

仕方なく私は、一度読んだ「老人と海」を読んだ。2度目だったけれど、前と同じように、大きなカジキマグロとひとりで戦っているような気になって、随分疲れた。毎日、本を閉じるとすぐに眠り、色々な重いものを運んでいる夢を、日替わりで見た。

それでも、当日の朝になると、船に乗れる高揚で、自然と、目が覚めた。肉子ちゃんは、隣でいつもの「すごーい」中だ。肉子ちゃんは乗りもの酔いがひどいから、船には乗らないと言っていた。新幹線でお弁当を4つも食べた過去は、何だったのか。

やまと丸は、午前中には戻ってくる。ゲンジさんと「うをがし」で待ち合わせ、お昼ご飯を食べてから、乗せてもらう手はずだった。時計を見ると、まだ7時だ。私は待ちきれなくて、朝の港に行ってみることにした。

そっと扉を開けると、肉子ちゃんが「んごお?・」と言ったけれど、起きなかった。

ビーチサンダルを履いて、庭に出た。昨晩雨が降ったのか、土が、しっとりと柔らかい。しゃがんで匂いを嗅ぐと、水に浸した花びらの匂いがした。

漁港に行くまでに、蝉の抜け殻を3つも見た。去年はそれを集めて、アメフトみたいにスクラムを組ませて遊んだ。抜け殻は死骸ではない。でも、力を入れると、簡単に割れる。

3つの抜け殻を足で踏んで潰した。それを見たカモメが、空で、

「越境ぉ。」

と、鳴いた。


三つ子の老人は、もう座っていた。

いつものように、強い煙草をくゆらせて、じっと、海を見ている。今日の海は、「いい子」だ。

漁港には、夜のうちに漁に行き、すでに戻ってきた船が何艘かいて、漁師や、その奥さんが、船の中から魚の入った青い籠を運び出していた。

皆の表情で、籠の中がいっぱいなのが分かった。魚はぴちぴちと跳ねて、何匹か、籠か

ら飛び出した。朝日を浴びて、鱗《うろこ》が光っている。愛想のない猫達が、そのときばかりは甘えた声を出し、魚をねだった。どこにいたんだってていうくらい、猫達は次々現れる。

三つ子の吸う煙草の煙が、空に溶けている。

猫達は、煙に気づかないのか、熱心に魚を食べているだけだ。

炭のような黒い肌、そこに刻まれた皺は深く、深くて、やっぱり木を思わせる。

「後ろから、袋をかぶせられるらしいんだ。」

「そのまま、舟に乗せられて。」

「話すことも、許されない。」

三つ子は、泣いていた。夜しか、泣かないと思っていたのに。

港や、浜を歩いていて、いなくなった人がいるのだと、授業で習った。東京でも、そんなニュースは見ていたけれど、全然、ぴんとこなかった。船でさらわれて、海を渡って知らない国へ連れて行かれるなんて、おとぎ話みたいだ。

三つ子は、何を思っているのだろう。

突堤まで行って、海を覗いた。ぴちゃ、ぴちゃ、と、コンクリートに波が当たって、潮の強い匂いがする。魚が浮かんでいる、と思ったら、溺れ死んだ鼠だった。

「季節家庭料理　セツ」を見ると、看板や柱が朽ち果てたまま、しんと静まり返っている。「ぅをがし」も、「波」も静かだ。中には、まだたくさんの鼠がいるのだろう。死ぬ場所と、生きる場所が、こんなに近い。

ぐう、とお腹が鳴った。すごく大きな音だ。恥ずかしくなって、私は家へ走って戻った。

肉子ちゃんは、まだ眠っている。

食パンを2枚取り、トースターに入れた。冷蔵庫からマーガリンとチーズを出して、粉末のコーヒーをお湯に溶かす。やっぱりまだ、ブラックは無理だ。なんとなく後ろめたい気持ちで、砂糖と、たくさんの牛乳を入れた。カップの湯気は勢いを失って、私は、ぬるいコーヒー牛乳を飲んだ。

朝ご飯を食べ終わってから、もう少し寝ようかと思ったけれど、眠れそうになかった。私は洗面所の鏡を見て、二宮の顔を真似た。唇をうんと突き出したり、白目を剥いたり、口を大きく開けて、歯を剥き出したり。

やってみると、すごく気持ちいいことが分かって、毎日するようになった。もちろん、二宮みたいに、人がいる場所でやったりしないけれど、こうやって鏡に向かって、顔を散動かしていると、頭がすっきりするような、鼻から空気がまっすぐ通るような気がするから、不思議だった。

二宮とは、盆踊りの後にも会った。

ヨシトクへ、牛乳を買いに行ったとき、「もんきぃまじっく」の猿の檻の前に、二宮が立っていたのだ。商店街は、祭りの賑やかさも去って、いつもの、寂れた商店街に戻っていた。

猿は、凶暴だった。人が覗くと、檻を揺すって、歯を剝き出して、吠える。もちろん、金子さんと「もんきぃまじっく」の主人は、仲が悪い。金子さんは、檻の環境が劣悪だと言って怒り、「もんきぃまじっく」の主人は、お前も生き物を檻に入れて売っているではないか、と責める。堂々巡りが続いて、金子さんは、「もんきぃまじっく」の前を通らない、ということに決めた。

「あの目は見てらんねて。人間のこと、しかも信用してねんだっけね。」

私も、「もんきぃまじっく」の猿を見るのは、辛かった。人を見ると、恐ろしい顔で檻に体当たりして、威嚇《いかく》する。小さな檻ではないけれど、猿にとっては、相当のストレスになるのだと思う。

二宮は、通行人が近づけるぎりぎりのところまで、猿に近づいていた。猿が変な顔をしているから、絶対に変な顔をするだろう、と思っていたら、ちっともしなかった。

「二宮。」

初めて、名前を呼んだ。でも、緊張しなかった。私は二宮を、随分昔から見知った人のように思った。

「見須子。」

でも、二宮が、そうやって私の名前を呼ぶのには、驚いた。

「私のこと、知ってんだ？」

「知ってるよ。」

「何してるん。」

「猿を見てる。」

「ふうん。」

「お前は。」

「牛乳を買いに来た。」

「そうか。」

そこで、話は途切れた。でも、私はその場を去らず、二宮の隣に立って、じっと猿を見た。学校の子が通らなければいいな、と思ったけれど、通ったところで、どうってことない、とも思った。

「んがぁあああああああっ、ぎいいいいいいいいっ！」

猿は、やっぱり歯を剝き出して、攻撃態勢だ。あんまり五月蠅いから、奥から「もんきぃまじっく」の主人が顔を覗かせた。

「ちょっと、買う気ないんだったら、帰りなさいてば。猿が興奮するろ。」

じゃあ何故店先に檻を置くんだ、と思った。でも、言わなかった。二宮も何も言わず、私達は、おずおずと、檻を離れた。

「前、バスでも会ったよね。」

「うん。会ったな。」

二宮も、私を見たのだ。あのときは、ちっとも気づいていないと思っていた。

「水族館に行ってたんだろ。」

「うん。」

「あれ母親？」

「そう。」

「似てねな。」

「うん。」

何故か、他の人に言われて恥ずかしいことも、二宮に言われると、恥ずかしくなかった。二宮の変な顔を見たからか。窓にべっとり貼りついた、二宮の唾液を見たからか。

「二宮はどこに行ってたん。」

「俺はことぶきセンター。」

私の確信は正しかった。二宮は次のバス停で降りるだろう、と、思っていたのだ。何故か。

「何するところ。」

「よく分かんね」

「二宮は、何してるん。」

「模型を作ってる。」

「模型？」

「うん。家とか船とか城とか。」

「なんで。」

「親にそう言われたすけ。」

「模型を作れって？」

「そう。」

「なんで。」

「なんか俺、何かに集中せんばなんねんらよ。」

「それで模型？」

「そう。」

「なんで。」

「いや、模型じゃなくてもかまわねんだけど、集中出来れば。でも俺は、いっちゃん、模型やっててもおもっしぇっけさ。」

「そうじゃなくて、なんで集中しないとダメなん。」

「ああ、そっちか。お前、俺のこと、知ってるろ。」

そのとき初めて、二宮の顔をはっきり見た。二宮のことを、暗い目つきだと思ったのは、彫りが深いからだ、と気づいた。二宮の眉毛と目は、すごく近くて、目のあたりに、影が出来るのだ。

「俺が、顔動かすこと。」

二宮が、変な顔のことを、「顔を動かす」と言ったことが、おかしかった。まるで、「体を動かす」みたいな言い方。

「知ってる。口をぎゅうってやったり。」

「そう。」

「さっきも、猿見ながら、絶対にやるって思ってた。」

「いや、あんときは、猿に集中してたすけ。」

「何かに集中してたら、変な顔しないん。」

「やっぱり変な顔だって思うんだ。」

「思うて。だって、歯を剝き出したり、白目剝いたり。病気なん。」

「分かんね。でも、自分でも止められねんらて。」

「顔動かすことが？」

「うん。みんなにおかしいって思われるの分かってんだけど、急に、顔を思いっきり動かしたくなるんらて。」

「そっか、変な顔をしているわけじゃないんらね。」

「急に走りだしたくなるときとかあるろ。あんな感じで、顔を動かしたくて動かしたくて、仕方なくなるんらて。」

「へえ。」

「しかも、皆がいて、見られたらわぁりと思うと、余計。」

「他の人にも、見られたことあるん。」

「あるよ。でも、見須子みてに、じっと見られたことはね。」

「だって、すごい顔してたっけさ。」

「変だと思ったろ。」

「うーん。」

「遠慮しんでいいいて。親もそう思ったすけ、俺、模型作らされてるんだっけ。」

「やっぱり病気なん。」

「自分では、止められねんだ。」

二宮は、そう言いながら、全然苦しそうじゃなかった。少しだけ理不尽な仕事を与えられた大人みたいに、淡々と、自分の「現状」を話した。私はそれが不思議だったけれど、でも、奇妙なことだとは思わなかった。二宮は、そういう子だろうと、思っていた。やっぱり何故か、二宮のことを、前から見知った人のように、思うのだ。

私達はもう、猿商の端まで来ていた。いつもは、鍵屋の前で、マキさんがいるか覗くのに、今日は、それもしなかった。

「牛乳腐るぞ。」

二宮がそう言った。私は、手をあげて、その場を去った。

それからも、二宮とは会った。

約束していたわけじゃないけれど、なんとなく予感がして、猿商に行くと、二宮が猿の前に立っていた。二宮も、段々、私のことを待つようになった。私が近づくと、特に挨拶はしないけれど、おお、と、口先だけで言った。

二宮と会うのは、猿商を歩く数分だけだった。街で一番賑やかな通りを、男子と一緒に歩くのは、すごく危険だった。でも、すり橋で話したり、ましてやエロ神社で話すよりはましだった。猿商だったら、もし誰かに見られても、偶然会ったのだ、という言い訳が出来るからだ。

「いつからそうなん。」

「顔を動かすの?」

「そう。」

「分かんね。気づいたらやってた。ていうより、俺より先に親が気づいて、変だってなって。親の心配してる顔見たら、余計やっちゃうんだよ。やっちゃだめら、変に思われるって分かってんのに。」

「そうなんら。」

「皆そうなんらと思ってた。顔、動かすのは普通らって。でも、そうでなかった。」

「なーんとなく、気持ちは分かるよ。」

そのときには、私は毎日、家で、二宮の真似をして、変な顔をしていた。

「顔動かすのって、気持ちいいよ。」

「気持ちいいっていうか、そういう問題じゃねんだて。なんか、やらんばおさまんね、ていうか。」

「そっか、私はそんなんじゃないなぁ。」

「やっぱおかしいろっか。隠さなきゃだめかな。」

「うーん、どうらろう。」

「お前、俺のこと見てなじらった？　変だな、キモイなって思った？」

「キモイとは思わなかったけど、正直驚いたよ。」

「そっか。」

「だって、バスの中で、窓舐めてたっしょ。」

「そっか、あれも見てたもんな。そうらて、あんときは、お前がいるの分かってたんだけど、どうしても、どうしても窓舐めたくなったんだ。」

「我慢出来ないんらね。」

「そうなんらよ。あーあ、やっぱり病気らなぁ。」

二宮は、あーあ、というような顔ではなかった。いつも静かに話をするから、「やらんばおさまんね」というような情熱が、二宮にあるとは思えなかった。

「じゃあ。」

「うん。」

私達はいつも、どんなに話が盛り上がっていても、絶対に、猿商の端で別れた。

本当は、「やまと丸」に、一緒に乗せてもらわないか、と、二宮に言おうと思っていた。模型とは違うけれど、船に乗るなんて、何かに集中出来る、とてもいい機会じゃないのかと。でも私は、結局、二宮を誘ってやらなかった。

二宮は、いつも、自分のことばかり話して、私には、何も聞いてくれなかった。お前にも、悩んでることあるのか、とか、そういうことを聞いてくれたら、私はマリアちゃんのことや、1組の女子の状況や、もっと、誰も知らないことを言ってもいいと、思っていたのに。


船から見る海は、青い。とても。

青いことは前から知っていたのに、毎日見ていた海なのに、本当に青いんだ、と思って、私は声をあげた。ゼンジさんは、出せるだけのスピードを、出してくれた。

白い飛沫が、弾丸みたいに飛び出して、空中で丸くなる。きゅう、と弧を描いている間に、船はもうそこにはいなくて、違う飛沫が、私の上に落ちてくる。「やまと丸」は、魚の強い匂いがして、それが潮の匂いと混じる。

ゼンジさんは、ちっとも船酔いしない私を見て、「すげぇな」と言った。

私は全然平気だった。

船はカーブをすると、大きく傾く。波の上で飛ぶ。胃がぐう、と浮く感じがするけれど、私は大丈夫だ。青はどんどん青くなる。青ってどんな色だったか忘れるくらい、青くなる。

「ほれ、あそこから色が違うろ、急に深くなるんら。」

顔に、水飛沫がかかる。はっとするほど冷たい。

「海の溝なんらて。」

私は、その頃には、目をつむっている。けれど、ゼンジさんに、分かるよ、と言う。海の溝。鼠はきっと、ここまで泳いでくることは出来ない。

ゼンジさんに乗せてもらったのに、私はいつの間にか、ひとりで沖まで来たような気になっていた。

ひとりで船を操縦して、全速力で、ここまで来たような気になっていた。

秋の気配がすると、肉子ちゃんは、みるみる太りだした。
食欲の秋、というものを、これだけ体現している人を、私は他に知らない。授業中、石

焼きイモのトラックが通ると、私はいつも肉子ちゃんを思い出した。

台所には、肉子ちゃんが買ってきたサツマイモが、山ほど置いてある。それをレンジでふかしたものと、ヨシトクで売っている冷凍の肉まんに、肉子ちゃんははまっていて、ことあるごとにそれを食べる。私は家にいる間、何度もレンジの「ピーッ」という音を聞いている。

「キクりんは読書の秋やろっ！　お母さん入る隙間ないもんやから、食欲の秋っ！」

「別に、定員決まってるわけやないやんか。」

「谷が欠けるって書いて、欲と読むのやからっ！」

「芸術の秋、ていうジャンルもあるんやで。」

「……あっ。」

「肉子ちゃん、おならしたやろ。」

「ごみーんっ！」

肉子ちゃんは、サツマイモを食べると、必ずおならをする。

体の作りも、分かりやすいのである。

2学期が始まると、私は途端に、二宮と話をしなくなった。

2組にいることは分かっているし、今でも、桜井と松本に連れられて、私のクラスに来ることがある。

桜井と松本は、うちのクラスの男子に用事があるフリをする。二宮は、その後ろで、相変わらず暗い顔を見せているけれど、私の方は見ない。だから私も、二宮のことを、見ないようにしている。

3人が教室に来ると、リサちゃんや穂積さんが、嬉しそうにする。

「あ、あのふたり、また見に来てるよ、キクりんのこと。」

でも、二宮の存在に気づいたことはない。

私は時々、二宮も幽霊なんじゃないかと思う。

桜井と松本と、どうしていつも一緒にいるのか分からない。私はふたりと二宮が話をするのを見たことがないし、そもそも二宮が誰かと話すのを見たことがない。

皆は、二宮のことが見えているのだろうか。あれだけ顔を動かしている二宮を、誰も見ていないなんて、おかしいと思う。そういえばマリアちゃんも、桜井と松本の話をすることはあったけれど、二宮の話をしたことはなかった。今では、マリアちゃんが誰かの話をするのを、聞くこともない。

新学期になって、マリアちゃんがどうしてお母さんと盆踊りに来ていたか分かった。

マリアちゃんは、森さんのグループからはずされたのだ。

元々、森さんと金本さんは仲が悪いわけではなかった。ただ、お互い、クラスの中でも、中心的な存在だったし、バスケも同じくらい上手だから、自然に分かれていただけだった。そこに、マリアちゃんがつけいったのだ。

マリアちゃんは、自分を絶対に選んでくれない金本さんに腹を立てていたし、選んでくれても、マリアちゃんのことを4番目くらいに位置付ける森さんのことも、あんまり信用していなかった。ふたりを離しにかかって、それで、自分が、女子の中で優位に立ちたいと、思っていたのだ。

明智さんが穂積さんにそう話したって、私も聞いた。

結局、森さん達のグループと、金本さんのグループは元に戻った。クラスで唯一孤立したのが、マリアちゃんになってしまった。

森さん達と遊ぶようになってから、マリアちゃんは、ことさら私の悪口を言うようになったという。裏切り者だとか、調子に乗ってる、とか。

それを聞くのはショックだったけれど、予想は出来ていたことだ。でも、それを嬉々《きき》として報告してくる明智さんのことが、私は信じられなかった。

明智さんだって、すり橋の上で、マリアちゃんと、私を笑っていたのに。

マリアちゃんが嫌われるのは、仕方がないと思う。マリアちゃんは、あまりに自分の思う通りにしたがったし、急進的すぎたし、何より、すごく意地悪だった。私を睨むマリアちゃんの目を、私は忘れられない。

でも、明智さん達が、マリアちゃんを仲間はずれにするのは、道理が通っていない気がした。マリアちゃんと遊ばなくなったからといって、金本さんのグループと仲良くならなくても、いいではないか。

結局、クラスの女子は、不穏な空気の中、それぞれ不安だったのだと思う。そして、マリアちゃんという、共通の敵を見つけて、安心したのだ。

私も、マリアちゃんを見ることが出来なかった。

心の中では、マリアちゃんに、助けを求められたらどうしよう、と思っていた。面倒臭いことになることが、嫌だった。

でも、マリアちゃんも、私を見ようとしなかった。私を睨んだこと、私の悪口を言いふらしたことを、なかったことには出来ないのだ。

盆踊りの日、恥ずかしそうに目を逸らしたのは、お母さんと来ていたからじゃない。私にひどいことをしたことを、恥じていたのだ。

「マリアちゃんはさ、キクりんに嫉妬《しっと》してたんらよ。」

「そうだよ、キクりん可愛いっけさ。」

「運動も出来るし。」

「マリアちゃんって、全然可愛くないのに、よくあんなフリフリの服着れるよね。」

「笑うよねー。」

「キクりんと一緒にいるから、負けたくなかったんらね？」

「負けてるよねー、全然負けてるよー！」

「あんげなのにさ、マリアちゃんってさ、すごく自慢するじゃん。」

「そうそう！」

「あれって自信ないかららよね。」

「そうらよね、普通にしてたら、キクりんに勝てないかららて！」

「キクりんはよく、マリアちゃんと仲良くしてあげてたよね。」

「小3から一緒なんでしょ。」

「キクりんは優しいんらよ。」

「それに可愛いし。」

「キクりんと仲良くしたくてもさ、ずっとマリアちゃんが間に入ってたっけ。」

「私も思ってた！」

「なんか、キクりんは私のもの、みたいなとこあったよね。」

「あったあった！」

「だからよかったよね、やっとキクりん解放されたじゃん。」

「そうだよ、これで心おきなく遊べるよ。」

「やったね、キクりん！」

肉子ちゃんと対照的に、私はちっとも食べなくなった。

あれだけ鳴っていたお腹も、ぴたりと静かになったし、サッサンのまかないを食べると、すぐにお腹がいっぱいになった。

私の食欲を、肉子ちゃんがさらっていってしまったのだ。


三つ子はいなかった。

港には、越境のカモメと、魚を探しに来た野良猫しかいなかった。仕事を終えた船が、ぎい、ぎい、と泣きだしそうな音を立てている。「やまと丸」は、他の船と並んでいると、小さく見える。海の中では、あんなに頼もしかったのに。

甲板に、青い籠が伏せてある。きっと魚の強い匂いがするだろう。

そしてもうすぐ、肉子ちゃんが「うをがし」に向かうために、やってくるはずだ。

家に帰ったら、肉子ちゃんは珍しく起きていて、出勤準備の途中だった。

「キクりんっ、おかえりっ！」

そう言いながら振り向いた肉子ちゃんは、髪の毛を縛っていないから、ちょっとした化け物みたいに見えた。すごい癖っ毛なのだ。

「今日はどんな日やったっ？」

肉子ちゃんに、何かいいことがあったのだ、と、ぴんときた。肉子ちゃんの口角は、これ以上無理だ、というところまで上がっていて、小さな目の奥に、「うきうき」という言葉が浮かんでいる。私は今までの経験から、すぐに、盆踊りの日、お好み焼きを売っていた金髪男を思い浮かべた。またあんな、いかにもな。

「別に。普通。」

「普通かっ！　普通が一番ええのんやでっ！」

普通じゃないシルエットで、肉子ちゃんは笑っている。1組の女子のことや、今さらながら「修羅場騒動」で、肉子ちゃんが噂になったことが思い出されて、腹が立った。

「肉子ちゃんの普通って何。」

棘《とげ》のある言い方だったと思う。というより、精一杯、棘のある言い方をした。肉子ちゃんは、安いビスケットを口に入れ、もごもごと動かしていたけれど、やがて、口を開いた。

「普通っていうのんはな、ご飯食べて、うんこして、勉強して、働いて、お風呂入って、眠ることっ！」

何を、学校の先生のようなことを言っているのだろう。

「じゃあ、肉子ちゃんの言う普通の生活してる人って、世界中にひとりもおらんやん。」

肉子ちゃんは、まだ口に残っているのに、もう次の1枚に手を出している。何を呑気《のんき》に、ビスケットなんて、食べているのだ。

「なんでっ！」

「なんでって、そんな単調で平和な毎日送ってる人、おるわけないやんか。大体肉子ちゃんとうちの生活が、普通やと思ってんの？　ふたりの生活が？」

少しだけ声を荒らげた私を、肉子ちゃんが、じっと見た。手に、ビスケットを、持ったままだ。

急に恥ずかしくなった。これじゃあ、私が肉子ちゃんに八つ当たりしているみたいだ。そして、肉子ちゃんに彼氏が出来そうなことを、嫉妬しているみたいだ。私は必死で、自分の感情を、抑えようとした。黙った。

肉子ちゃんに何を言ったって、何も変わらないのだ。こんな、肉子ちゃんに言ったたって。

「キクりんと、うちの生活は、ご飯食べて、うんこして、勉強して、働いて、お風呂入って、寝てるやろっ？」

肉子ちゃんは、相変わらず化け物のシルエットで、こちらを見ている。目の奥には、まだ「うきうき」が浮かんでいて、左手には、ビスケットだ。私が不機嫌なことになんて、まったく気づいてない。少しほっとして、というより呆《あき》れて、私はゆっくり口を開いた。

「そんなん、世界中の人がそうやん。」

「だってだってだってっ、世界では、ご飯食べられへん人もおるんやし、家ない人もおるんやでっ！」

私は、ため息をついた。

「先生みたいなこと言う。」

「テレビで見てんっ！」

「肉子ちゃん……。」

テレビで見たことを、良いことなのだと、全力で訴えてくるなんて。

言うことがなくなって、港に行ってくる、と言うと、肉子ちゃんは、サツマイモ持っていきっ、と叫んだ。返事をする前に、もう、1本をレンジに入れている。じー、と、レンジが回る音を聞きながら、笑っている肉子ちゃんを見ていると、力が抜けた。

糞男たちが肉子ちゃんに吸い寄せられるのは、肉子ちゃんの、こういう、いかにも阿《あ》呆《ほ》っぽさのせいかもしれない。こちらがどんなに苛々《いらいら》していたって、腹を立てていたって、肉子ちゃんはそれを、心から分かってくれない。

しらばっくれているのでもなく、気を遣っているのでもなく、肉子ちゃんは、本当に、分からないのだ。世界にあるものを、テレビで言っていることを、糞男が言った嘘を、何も疑わず、38歳まで生きてきたのだ。信じられない。

まだ温かいサツマイモを持って、港を歩いた。お腹の中に、さっき感じた苛立ちや怒りが溜まっているみたいで、気持ちが悪かった。肉子ちゃんが同級生にいたら、みんなどうしただろう。肉子ちゃんは、ひとりぼっちでいるマリアちゃんに、屈託なく、声をかけたのだろうか。

茶トラの野良猫が1匹寄ってきた。随分大きくて、汚れている。

「手にお持ちなのは、鰹節《かつおぶし》ですか。」

握っているサツマイモを、じっと見ている。はいっ、と、自慢げに肉子ちゃんが渡してきた、サツマイモ。

「これはイモ。」

そう答えると、茶トラは、

「はあ?」

と言って、自分の前足を、ぺろりと舐めた。

三つ子が座っている辺りに腰をおろして、海を見る。船に乗ったときは、とても青だと思っていたけれど、ここから見ると、緑色だ。どこかで、イワシが渦を巻いているのだろう。はぐれた1匹のイワシが、ふわふわと海底に落ちていくのだろう。そして、今日もカンコちゃんは、ひとりで館内をうろついているのだろう。

テレビで見たペンギンは、弾丸のような速さで、海を泳いでいた。泳いでいるというより、飛んでいた。本当に鳥なんだ、と思った。カンコちゃんが、海で泳ぐのを見たかった。

気配を感じて振り向くと、茶トラが近くまで来ていた。

「手にお持ちなのは、」

「イモだって。」

「はあ?」

「ちょっとあげようか。」

「はあ?」

私は、サツマイモを半分に折って、黄色の果肉を指でほじくった。猫舌を気遣って、ふう、ふう、と、何度も冷たい息をかけて、冷ました。茶トラの方へ放ってやると、くんくんと匂いを嗅いでから、食べた。茶トラが食べているのを見ると、私も食べたくなった。サツマイモは、ふかしすぎたのか、水分がなく、パサパサしていたけれど、とても甘かった。一口食べると止まらなくなって、一気に食べた。

食べ終わっても、茶トラは去らない。私が残した皮をじっと見ているので、それも放ってやると、今度は匂いも嗅がずに、平らげた。茶トラのお腹が、大きく膨らんでいる。妊娠しているのかもしれないけれど、鼠を食べたのかもしれなかった。

遠くから、バイクの音がした。サッサンが、昼の休憩から戻ってきたのだ。音のする方を見ると、海岸沿いの国道を、ヘルメットを浅くかぶったサッサンが、こちらに向かって走ってくるのが見えた。

「おう、キク。」

サッサンは私に気づくと、そう声をかけてきた。

「何してんだこんなとこで。」

「こんなとこって、うちんちの裏らよ。」

「おめさんとこの裏じゃねて、おめさんちが漁港の裏なんらって。」

「そっか。」

「肉子は？」

「今家で準備してる。もう出てくるっけ。」

「そうか、あいつ最近まぁた太ったなぁ。」

「うん。ずっと食べてる。」

サッサンは、店の前にバイクを停めに行った。そのまま開店準備を始めるのかと思っていたら、こっちに戻ってきた。サッサンは、白い割烹着のまま家に帰って、少し眠って、そのままやってくる。白い髭に下駄だから、遠くから見ると、仙人みたいに見える。

サッサンは私の隣にしゃがんで、煙草を取り出した。火をつけて、ふう、と煙を吹いて、あとは、ぼうっとしている。サッサンの目は、光の加減で、緑色に見える。緑内障という病気なのだと、聞いたことがある。いつか、本当に綺麗なエメラルドグリーンになってしまうのだそうだ。

「サッサン、この前、鼠がそこで溺れ死んでたよ。」

「そうか。」

「けっこう大きいやつ。」

「可哀想らな。」

私は大きく振りかぶって鼠を投げるサッサンを、はっきり思い出していた。

「いくらかは、泳いで戻ってくるけどな。」

「知ってたん?」

「おめも知ってんだか。」

「うん。」

「強《つえ》え奴は戻ってくるろも、まあ、大抵の奴は死んじまうこてさ。」

サッサンの足元を見ると、下駄を履いた、裸足の足だった。小指の爪が潰《つぶ》れていて、ほとんどの爪が、紫色になっている。お爺さんの足だ、と思った。

「サッサン。」

「ん。」

「うをがしに、肉子ちゃんの彼氏、来る?」

「んあ、なんだあいつ、男出来たのか。」

カマをかけた。サッサンなら知っているかも、と思ったのだった。自分でしたことが恥ずかしくて、私は、ごまかすように、声を大きくした。

「いや、興味ないから、詳しく聞かないけど、盆踊りの日からえらく機嫌いいっけ、あの、金髪の兄ちゃんとでも付き合ってんのかと思ってさー。」

「金髪の兄ちゃん?」

「ほら、何らっけ、なんか、屋台してた。私も全然覚えてないけど。」

嘘だった。はっきりと顔を覚えているし、お好み焼きを焼いていた指先まで、覚えている。盆踊りから機嫌がいい、というのも嘘だ。さっき見た、肉子ちゃんの目の奥の「うきうき」が気になったのだとは、言えなかったのだ。

「知らねぇなぁ、そんげ奴うちには来てねぇぞ。」

「そっかー、じゃあどこか余所《よそ》で会ってるんらね。隠さなくてもいいのにね。」

「いねんじゃねぇか、そんげん奴。」

「どっちでもいいんだけど。」

サッサンは、黙り込んだ。その沈黙が、しんどかった。私はお腹に溜まったサツマイモと、もやもやとした感情のことを思った。サッサンの煙草の煙は、いつまでも消えない。強いのだ。

「サッサン、三つ子のおじいさん知ってる？」

「三つ子のじいさん？」

「たまに座ってるんらて、ここに。3人で。」

「ここに。知らねぇな。」

うえ、うええ、と声がする。見ると、さっきの茶トラが、少し離れたところで、えずいていた。鼠を吐くのかも、と思って身構えたら、ちょろりと、毛玉を吐いた。よかった、と思ったら、おならをしてしまった。ぷう、と音がして、恥ずかしくて、サッサンを見たら、サッサンは、相変わらず、ぼんやり煙草を吹かしているだけだった。

「知らねぇな。」

サッサンは、何でも知ってると、思っていたのに。


ものすごく綺麗な女の人が、写真の撮影をしているらしい、と、明智さんから電話があったのは、なんとなく2学期に飽きてきた、10月のある日だった。

明智さんから家に電話があるなんて、初めてだったから驚いた。私の驚きを察したのか、明智さんは、

「連絡網で調べたんだ。」

そして、ごめんね、と付け加えた。肉子ちゃんは、「うをがし」で貸し切りがあるというので、早めに出勤していて、いなかった。

「別に、あやまらなくてもいいけど。」

私がそう言うと、明智さんは、電話でも分かるほど、安堵していた。

「なんかモデルらしいて、今エロ神社の階段で撮影してるんらって！　見に行こうよ！」

「皆も行くの？」

「皆って？」

「クラスの、他の女の子。」

「あ、じゃあ、電話しておくっけ。」

明智さんは、私だけを誘おうと思ってたんだ。

「うん。そうしてくれるけ？」

「じゃあ、あとでね。」

「あとでね。」

電話を切っても、なんとなく、胸に小さな棘が、引っかかっているような気分だった。

最近の明智さんの急接近には、私も気づいていた。休み時間、トイレに行こうと席を立つ前から私のところに来るし、皆で遊んでても、絶対に近くにいる。マリアちゃんと一緒に、私を笑ったことへの贖罪《しょくざい》なのかもしれないけれど、正直、いい気はしなかった。同じように私をないがしろにしたヨッシーとさやかちゃんは、どこか私を恐れていて、近づいてもこないのに。

金本さんは、森さんと、前と同じように仲良くなった。よかったのは、元に戻っても、バスケのチームはじゃんけんで決めることだった。チームに入れなくても、20分休みの10分ごとに交代するから、とても平等である。

相変わらず、マリアちゃんだけが、クラスでひとりだ。

マリアちゃんがいる限り、私達は平和だった。皆、マリアちゃんの悪口も言わなくなった。誰も、誰の悪口も言わない今は、私にとって居心地のいいもののはずだけど、マリアちゃんの存在だけは、私の胸を、暗く刺した。綺麗な絵の中の、消えない傷のようなものだった。

マリアちゃんは、休み時間、ひとり席に座って、漫画を読んでいる。私達が、順番にずっと借りていた漫画の最新刊だ。なのに誰も、貸して、とは言わないし、学校に漫画持ってきたらだめなんだよ、とも言わない。

運動会の練習でも、マリアちゃんと組体操をする子たちは、マリアちゃんと話さない。意地悪をするわけではないけれど、マリアちゃんに話しかけようとはしないのだ。

話しかけよう、と思ったことは何度もある。マリアちゃんが時々、私を見ていることも分かっていたし、私も、もうそろそろ、皆、マリアちゃんを許してあげてもいいのではないか、と思っていた。

でもその度、私の中の何かが、それを押しとどめた。その正体を、なんとなく分かっていたけれど、その度に私は息を止めて、その思いを、少しずつ、少しずつ、殺していった。

エロ神社には、私の家が一番近いから、結局、皆より早く着いてしまった。

階段の下には、撮影を一目見ようと、近所のおばさんや、中学生の女の子や男の子達が、集まっていた。皆、どこでそんな情報を仕入れたのだろうと驚いたけれど、撮影を一目見て、噂が飛び交うのは仕方がない、と思った。

階段に座り、首を傾げてカメラを見ている女の子は、信じられないくらい可愛かった。肉子ちゃんの握りこぶしくらいの顔と、長くて白い首、黒地に蛍光ピンクの水玉の、大きく膨らんだドレスを着ていて、そこから覗く脚は、手と同じくらいの太さしかない。瞳は、顔のほとんどを占めているのじゃないだろうか。界隈の猫達も、驚くだろう。上下のまつ毛は、ここからでも、うんと長くて、くるりとカールしているのが分かる。女の子は、時々そのまつ毛を、指で下から撫であげた。とても細い指だった。髪の毛は、大きな大きなお団子に結っていて、耳の上に、ドレスの水玉と同じような丸い髪飾りを、たくさんつけている。お人形みたい、という、安易な感想が浮かんだ。でも、本当に、お人形みたいなのだ。

バシャアッ、バシャアッ。

重いシャッター音が響く度、階段に設置されているストロボが光る。その度、私は、眩《まぶ》しさに、あっと声をあげそうになるのだ。

突然、違う世界に迷い込んだような気持ちになった。

苔《こけ》の深緑、日が当たらないから、青く見える階段。そこに浮かぶ、大きなピンクの水玉。どれかひとつがぽろりと取れて、階段をぽうん、ぽうんと、転がってきそうだ。

自分の家は、すぐ近くなのに、エロ神社なんて、いつも通っていたのに、まったく知らない、不思議な場所に思える。

「見て、顔がおはぎくらいの大きさらよ。」

「ほんとらねぇ。」

「なんでこんなとこで撮ってるんだろう。」

「なんか、有名な写真家か何かなのかな。」

階段の下を見ると、こちらに背を向けて立っている4人ほどの人と、写真家のすぐそばにしゃがんでいるふたりがいた。ふたりはノートパソコンを持っていて、コードが写真家のカメラと繫がっている。なんだか、全員でひとつの心臓を共有しているみたいに見える。

すぐに、東京の人だ、と分かった。

大きなバッグを持ったひとりの女の人が、時々撮影を止めて、女の子に駆け寄り、くるんと巻いた前髪を直したり、頬に粉をはたいたりしている。

「かっこいいね。」

私の前に陣取っている中学生が、そう言った。

「たぶん、ヘアメイクさんらよね。」

髪の毛をひっつめて、撮影を見守るその女の人も、何かの書類を持って立っている他の人達も、みんな、格好よかった。

でも私は、写真家を見た途端、他の人達のことを忘れた。

「ちょっとカメラ替えます。」

その人はそう言って、首からぶら下げていたカメラを外した。肩ほどの髪をひとつに縛って、ピンク色のTシャツを着て、破れたジーンズを穿いている。「有名な写真家」って、もっとお爺さんだと思っていた。その男の人は、せいぜい20代にしか見えなかったし、あごや唇の上に生えている髭がなかったら、もっと若く見えただろう。

彼は、しゃがんでいた女の子から別のカメラを受け取ると、こちらを見た。そして、こんなに人が集まっていることに、初めて気づいたのか、少し驚いた顔をした。

「すみません、お騒がせして。」

小さな声でそう言って、頭を下げた。すう、と流れるような目と、がっしりとした鼻、形のいい唇と、顔に不釣り合いな、大きな耳をしている。

声をあげそうになった。

胸のあたりに出来た、丸くて熱い玉のようなものが、私のお腹、足から、ひるがえって頭を、ぎゅうんと、通り抜けていく感じがした。

「あのう、何の撮影なんですか。」

緊張の糸が切れた瞬間をねらって、ひとりの中学生が、立っている男の人のひとりに話しかけた。男の人は、黒いフレームの大きな眼鏡をかけていて、黒と白の太いボーダーのTシャツを着ている。目の覚めるような金髪だ。お好み焼き屋の、あの下品な金髪とは、大違いである。

「雑誌の撮影をしているんです。」

男の人は、とても優しそうだった。余裕があるんだ、と思った。中学生達は、きゃあっと歓声をあげた。

「え、何の雑誌ですか、何の雑誌ですか！」

「デュープ、という雑誌です。」

私はもちろん知らなかったけれど、質問した中学生達も、知らないみたいだった。でも、金髪の人が気を悪くする様子はなかった。

私は心の中で、写真家の名前を聞いてくれ、聞いて、聞け、と祈っていた。でも中学生は、すごいねー、買いますー、などとはしゃぐだけで、聞かなかった。

「え、え、こんなところで撮影するんですかぁ？」

「ええ、日本の寂れた風景をバックに、モデルの女の子を撮っているんです。」

「へえええ、すごおおい！」

中学生は、まるで有名人と話をしたみたいに、はしゃいでいた。寂れた風景、と言われたことに、怒ってもよさそうなのに。

「キクりん！」

明智さんに、肩を叩かれた。森さんも、後ろに立っている。

「うわあ！　超綺麗！」

明智さんは、モデルの女の子を見て、声をあげた。

「あ、すみません、少し静かにしてていただいていいですか。」

金髪の男の人が、こちらに向かって言った。明智さんは、注意されたというのに、話しかけられたことが嬉しかったのか、顔を真っ赤にした。

「すごいね、すっごい綺麗。」

「本当らね。」

こそこそと話をしていると、中学生のひとりが、こちらを振り返った。さっき金髪の人に話しかけた子だ。

「ちょっと、静かにしなてば、撮影の邪魔になるでしょ。」

笑いそうになった。でも、我慢した。やっぱりみんな田舎者なのだ。東京の、しかもお洒落な人達が来て、完全に舞いあがってしまっている。

私は絶対に、その中に入りたくなかった。でも、どうしても、写真家からは、目が離せなかった。

写真家は、何枚か立て続けにシャッターを切った。モデルの子が、どうぉ？　と、親しげに話しかける。苦い味が、口の中に広がった。私とあの子の差は、何なのだろう、と思った。こんな近くにいるのに、私だって、可愛いと言われるのに、でも、あの子には、到底及ばない。

「まあまあ。」

写真家はそう言って笑った。女の子は、何それ、と言って、頬を膨らませた。膨らませても、やっぱり、肉子ちゃんの握りこぶしくらいの大きさだった。

貸し切りが終わった「うをがし」は、たくさんの狼《おおかみ》が駆け抜けて行った跡のような有様だった。食べ残って焼け焦げた肉、たくさんのグラス、床にはレモンやパセリが散乱していて、零《こぼ》れた焼酎の匂いがする。こんな中で、まかないを作ってもらうのは気が引けたけれど、サッサンも肉子ちゃんも、元気だった。

「なんかどえらい綺麗な子ぉが来てるらしいやんっ！」

肉子ちゃんは、その惨状の中、いつになくテキパキと動いていた。どことなく、生き生きしているみたいに見える。それも、「お好み焼き男」のせいか、と思ったけれど、何故かそのときは、嫌な気持ちはしなかった。自分の単純さを笑いたくなって、私は代わりに、頬を強く掻《か》いた。

「そう、モデルの撮影してたんやって。なんか有名な写真家。」

写真家、と言うだけでどきどきした。

「こんげな街でか。」

サッサンが、私のために、肉野菜炒めを作ってくれている。

「なんか、寂れた場所でモデルの女の子を撮るのやって。」

サッサンと肉子ちゃんと3人だと、私の言葉はおかしくなる。大阪の発音と、港の発音が混じるのだ。

「寂れたか。じゃあここは、ばかいいな。」

「モデルの子、すごい綺麗なドレスを着て、それでエロ神社の階段に座ってた。」

「なに神社って？」

「あ、水川神社。」

「へえ、それがいいんかね。」

「いいみたい。私も、よく分からないけど、かっこいいなって思ったよ。」

青と緑の中、魔法みたいに光っていたピンクの丸と、女の子の奇跡的に綺麗な顔。女の子は、マオという、有名なモデルだと言っていた。つまらなそうにまつ毛を撫でていた、白い指。マリアちゃんが見たら、きっと、歓声をあげただろう。

「うちも、見たかったわっ！」

「なんか、今日隣町に泊まるって言ってたで。なんか隣町で、美味しいご飯やさん知りませんか、て、編集の人が皆に聞いてた。」

「編集の人やってっ！　ひゅうううっ！」

「で、みんな、隣町は観光客用だから魚が高いけど、こっちだったら安くて美味しい、て、森本をすごいすすめてた。」

森本は、猿商の外れにある、小さな小料理屋だ。森本さん、というご夫婦がやっていて、料理も美味しいいし、お酒も珍しいものが多いって、評判がいい。

「へえっ！　ほんで森本行きはるん？」

「分からん。行くんやったら今頃行ってるかも。」

私は、肉子ちゃんに、じゃあ森本に行こう、と言ってほしかった。写真家を、もう一度見たかった。

でも、肉子ちゃんは、まったくその気配は見せなかった。掃除機がゴミを吸い取るみたいに、テーブルの上から、皿という皿を片づけ、その合間に、ビールをぐびぐびと飲んでいる。

私はがっかりしながら、それでも美味しい、サッサンの肉野菜炒めを食べた。

「最近キクは、食欲がねぇな。」

サッサンが、ぼそりと言った。返事をしようか迷っているうちに、

「おう。」

ゼンジさんがやってきた。貸し切りが終わっても、「うをがし」は終わりではない。

「なんかばぁか綺麗なしょが来てるんらて！」

この街は狭いのだ。とても。

本を読んで、久しぶりに泣いた。

「チョウチンアンコウという魚がいる。」という文章から始まる物語だ。物語といっても、ページにしたら、3ページもない。小説集の中に、ずば抜けて短い話が入っているなと思っていたら、それだった。

チョウチンアンコウは、深い深い、海の底に棲《す》んでいる。海の底は暗いから、光が必要で、だから、チョウチンアンコウの頭には、長い鞭《むち》のようなものが生えていて、それが光を発する。もちろん名前も、それが由来だ。

チョウチンアンコウの雄は、雌のように、提灯を持たないそうだ。提灯は、道を照らす道具であると同時に、餌となる小魚を探す道具でもある。それを持たない雄はしかも、雌の10分の1ほどの大きさでしかない。

雄は、ただじっと、雌が来るのを待つ。偶然、雌がやってきたときは、頭、腹、とにかく雌の体のどこかに、唇で吸いつく。そして、どんなことがあっても離れない。

吸いつかれた雌の体は、段々伸びてくる。そして、雄の唇と、繋がってしまう。雄は、雌の体の一部になるのだ。そこから、雄の体に変化が訪れる。唇がくっついてしまっているので、雄は口から食べ物を食べることが出来ない。役立たずの消化器官、胃や腸や食道が、消えてなくなる。

次は目だ。いつだって雌にくっついているだけなので、いらなくなって、消えてしまう。雄は何も考えなくてもいい。ただただ、雌にくっついているので、いずれ脳みそも、消えてなくなる。

そして、雄は、すっかり雌の体の一部になる。

最終的には、元の体の面影はなく、ひとつのイボになって、雌の体に張りついているだけになる。

でも、イボになっても、彼はまだ生きている。子孫を残すためだ。

雄は、精巣だけを体に残している。

雌が、卵子を海中に産み落とすとき、雄は、イボとなった体を全力で使って、精子を放出する。それだけ。雄がすることは、それだけなのである。雌の体の、イボになった雄。

作者は、この話の最後で、こう書いている。

「私はなにか感動を禁じ得ない。どういう感動かということは、うまく言えないけれども。」

その頃には、私はぼろぼろと涙を流していて、馬鹿だ、阿呆だ、なんで泣く、そう思っていて、でも、涙が止まらない。

私は、イボとなった雄を、大きな体に立派な提灯を持った雌を思って、泣く。

彼女は深海を、悠々と泳いでゆくのだ。真っ暗な中、雄の体を宿して。

私ははっきりと、その姿を見る。


「キクりんは、好きな子とかおらんのっ!」

水曜日の夜、急にそう聞いてきた肉子ちゃんに、私は思わず「子じゃない」と、言いかけた。「写真家」は、好きな子、なんかじゃない。「好きな人」だ。子と人の違いだけなのに、それだけで、全く違う。笑って話せるか、笑えないか。

でも、それは、もちろん言わなかった。言えなかった。そんなこと言ったら、肉子ちゃんにどれほど突っ込まれるか、分かったものではない。

「おらんよ。」

「へえっ!」

肉子ちゃんはやっぱり、私の言うことを信じる。顔に、「キクりんがおらん言うのなら、おらんのやな」と、書いてある。それとも「へえっ!」が、そのまま書かれてある。

「肉子ちゃんは。」

「へえっ！」

「肉子ちゃんは、好きな人、おらんの。」

「きゃーっ！　おらんよっ！」

嘘つけ、と言いたかったけれど、やめた。今までは、好きな人がいたら、「いやーん、もう」などと乗ってきたのに、この反応は初めてだ。もしかしたら「お好み焼き男」は、単なる私の思いすごしなのかもしれない。

でも、肉子ちゃんは、秋になって2度、朝方帰ってきたことがあった。私はもちろん、眠ったフリをしていたけれど、肉子ちゃんの「そーっ」は、嫌でも分かるし、それが全部火曜日だったことも、把握していた。自由業の男だな、と見当をつけて、そして、やっぱり、あの「お好み焼き男」だと思った。

次の日学校で、肉子ちゃんと男の目撃情報みたいなものがささやかれていないか、私は全身で緊張していた。漁港の反対側に、嘘みたいに悪趣味なラブホテルがあるのだ。「ろまんす」という名前で、今まで数々の「街の人」が、そこで目撃されてきた。小学生の間では、昔、「ろまんす」の前で張り込んで、出てきた男女をからかう、という遊びが流行っていたみたいで、それはもちろん、学校から強硬に禁止を食らった。今では、「もんきぃまじっく」の檻に近づくことも、禁じられている。

私は、肉子ちゃんが朝帰りした次の日、学校で「肉子」とか「ろまんす」という単語を聞かないか、耳をすませた。でも、誰も何も言わなかった。

1組の女子の間では、相変わらずマリアちゃんだけが浮いていて、教室は、平和だった。嘘みたいに。

秋が深まって、「お好み焼き男」は、どこか他の場所へ行ってしまったのかもしれない。テキ屋業は、移動するものだからだ。昔なら、そういう話も、私に堂々としていたのに。

肉子ちゃんの背後では、昼間からずっとついているのだろう、テレビの画面が光っていて、テーブルの上には、食べ終わった夕ご飯のお皿が、そのままになっている。片づけなきゃ、と思うのだけど、体が動かない。

最近、すっかり涼しくなった。

肉子ちゃんは、夕飯を食べ終わった後なのに、唐揚げをほおばっている。ヨシトクで安くなっていたお惣菜だ。デザートが唐揚げって、デブの見本だ。

「肉子ちゃん、家に体重計あった方がええんと違う？」

「あっ、キクりん、思春期ーっ！」

「違うよ、肉子ちゃんの体重を。」

「いやーんっ！」

体をねじったせいで、肉子ちゃんは唐揚げを床に落としてしまった。でも、気にせず、すぐに拾って食べる。犬みたいだ。私はあきらめて、ごろりと横になった。

肉子ちゃんは、ふたつめの唐揚げに手を伸ばしながら、テレビの音を大きくした。

「あんたは一生結婚出来ないよ。」

驚いた。肉子ちゃんのことを言っているみたいだったから。しかも、聞いた声だった。

「キクりんっ、また出てるで、この外人っ！」

ひじで体を起こすと、あの霊媒師だった。本当に、よく出ている。玉座のような椅子に座って、上から、芸能人の女の子を睨んでいる。いつから、こんな偉くなったのか。

「この人、名前なんだっけ。」

「ダリシアさん！　結婚出来ないって、どうしてですか！」

芸能人の女の子が、答えてくれた。この子は、私も見たことがある。最近人気の、アイドルグループの子だ。

「あんた、前世で、たくさん、たくさん子供産んでるだから。」

ダリシアは、前見たときより、日本語が下手になっていた。そして、体が大きくなっていた。肉子ちゃんは、唐揚げを食べ終わった指を舐めながら、画面をぼうっと見ている。何も考えていないときの顔だ。私が時々、不安になる顔。

「前世で?」

「そうだから。」

「前世って、いつの時代の?」

「知らなーい。」

「えっ……、そんな。」

ダリシアは、面倒臭そうに目を細め、女の子の顔を、そしてその向こうを見ていた。

「前世で子供たくさん産んでる、結婚もたくさんしてるから、なし。今世は休憩。」

今世は休憩。

そんな人生もあるのか。休憩って。前世のことも覚えていないのに、休憩なんて言われても、困る。

「あなたは、すごく優しい人だったんだよ。産んだ子供、うーんとね、13人いるの、ぜーんぶ違う男の子供。でも、愛してたよ。歯がないの。子供に取られた。かるしうむ? 腰も曲がったの、たくさん産んだから。でも、みーんなのこと愛したよ。みんなも、あなたのこと、愛したよ、ものすごーく。」

肉子ちゃんは唐揚げを食べ終わり、

「この外人、喋るん前より下手になってないっ?」

と言った。私もそう思う、と言うと、肉子ちゃんは何故か、大笑いした。肉子ちゃんの体が机に当たって、汚れた皿が、かたかた揺れる。なんか、みすぼらしい光景だな、と思った。

「その子供達が、今、あなたの周りにいるよ。」

「え、守護霊とか?」

「違うよばかっ! 13人、ぜーんいん、あなたの周りにいるのよ。ぜーんいん、あなたの周りで生きてるよ。」

「えっ、えっ……誰?」

「あなたの、父さま、母さま、じじい、ばばあ、父さまの兄弟、母さまの兄弟。」

へえっ、と、肉子ちゃんが声をあげる。さっきまで笑っていた名残か、満面の笑みだ。口角がぎゅう、とあがる、肉子ちゃんの笑い方。

「みーんな、あなたから生まれたの。前世。」

「そうなんですか。」

「何人?」

「え、親戚ですか。」

「違うよっ！　ばかっ！　あ、そうだよ。そう。親戚、何人？」

「……お父さんたちもいれて？」

「当たり前だっ！　ばかっ！」

女の子は、指を折って、数えはじめた。会場が、しんと静まり返る。肉子ちゃんも私も、黙り込んだ。数え終わった女の子は、大きく目を見開いた。その顔が、もう、答えだった。

「……13人です。」

きゃー、と、会場が沸いて、肉子ちゃんが私を見た。そして、すごおおおい、と、声に出さずに言った。表情が鬱陶しいけれど、気持ちは、分かる。私も、驚いていたのだ。

「子供だからって、ずっと子供だったのじゃ、ないんだから。親を産んだ子供だって、いるし、恋人を産んだ、人だっているし、友達から生まれた、人もいるの。」

ダリシアが、そう言いながら、急に歯を剝き出した。私は、二宮を思い出した。

「みーんな、かぞくっ！」

ダリシアの急な大声に、肉子ちゃんが、わ、と、声をあげた。私は、やっと立ち上がって、お皿を片づけた。それを見た肉子ちゃんも、両手をぱん、と叩いた。

「うちも片づけよーっと！」

「いいよ、肉子ちゃん。ゆっくりしてて。」

「ええのんっ！」

肉子ちゃんが洗い物をすると、食べ物の残りかすや洗剤が残ったままだったりする。二度手間なのだ。

「キクりん、ありがとぉっ！」

私が水族館のおじさんにするみたいな、ありがとぉを言って、肉子ちゃんはそれでも、私を見ている。

「何。」

振り返らずに言うと、すう、と息を吸うのが聞こえた。何か、言葉を発することを、決意している感じだ。ああやっぱり、彼氏が出来たのだな、と思ったら、

「キクりんっ、生理って知ってるっ？」

そう言うから、驚いた。思わず振り返って、

「知ってるよ！」

と、何故か、大声を出してしまった。肉子ちゃんは、

「そうなんやっ！　よかったよかったっ！」

と言った。なんだそれは。

「なったら言うから。」

「ありがとぉっ！」

その夜、肉子ちゃんが、誰かと電話をしていた。小声さえも大声の肉子ちゃんだけど、そのときは、「……なんよ」とか、「ふふふ」とか、「大丈夫」とか、それくらいしか、聞こえなかった。なんだやっぱり、「お好み焼き男」と続いていたんだな、と思った。

薄暗い中、半分目を開けると、びよんと巻かれた、肉子ちゃんの前髪が、揺れているシルエットが見えた。


パソコンを持っていたら使わせてくれ、という口実を作って、マキさんに会いに行こうと思った。

あの写真家の名前を知りたかったのと、東京の話を、マキさんとしたかったからだ。

写真家は、ほんの少しの時間この街にいて、そして東京に戻って行った。私のことを、ちらとも見なかったし、この街のことも、すぐに忘れてしまうのだろう。

でも、私は決して写真家を忘れなかった。目をつむれば、こちらに向かって頭を下げたときの、少し恥ずかしそうな顔が浮かんだし、授業中、カメラを持った腕の筋を思い出して、ああ！　と、声をあげそうになった。

「ねえ、まーた桜井と松本が見に来てるよ。」

休み時間、廊下の窓から、1組を覗き込んでいるふたりを見て、リサちゃんが嬉しそうに耳打ちをしてきた。

「キクりんは、どっちかっていったらどっちがいいん？」

うるせぇな、と思った。

そもそも、そんなこと、考えたこともない。ふたりには、まばらに生えた髭もなかったし、結ぶだけの髪の長さがあるわけでもなかった。カメラを扱う技術も、一言で「アシスタント」を走らせる威厳もない。

私は、写真家でないと嫌だった。

東京なんて、元々自分が住んでいた場所だ。いい思い出なんてひとつもない。それでも、写真家が住んでいるというだけで、とても尊い場所に思えた。

この気持ちは、クラスの女の子とは共有できない、決して。

それで、マキさんに会いに行ったのだ。マキさんに、あわよくば写真家のことも聞いてもらいたかったけれど、さすがにそれは、大それた願いだった。私はマキさんと、東京のことについて話をして、少しでもあの街を近くに感じたいと思った。それだけである。

一緒に帰ろう、と言う皆に、合鍵を作るから、鍵屋に寄らなければいけない、と嘘をついて、私はひとりで猿商を歩いた。「MUSE」の前を通ると、トモキさんが若い女の人の髪を切っている。あんなの、写真家の足元にも及ばない、と思って、私は何故だか、誇らしい気持ちになった。

「おーっす。」

マキさんは、いつものように、煙草を吹かしながら、重松の奥さんが淹れてくれたコーヒーを飲んでいた。ブラックだ。あの苦みを思い出して、変な唾液が出た。

「こんにちは。」

「どうしたの?」

マキさんにそう聞かれると、写真家のことを話すなんて、とんでもなく恥ずかしいことのように思えてきた。もう、後悔した。そもそも私は、ブラックコーヒーすら、飲めないではないか。

「あのう……。」

でも、合鍵なんて作らないし、店に入ったからには、用事を言わなければいけない。

「マキさんは、パソコン持ってますか。」

「パソコン？　なんで？」

「あ、あの、調べたいことがあって……、あの、でも、迷惑ですよね。」

「全然迷惑じゃないよ。ただ、パソコンあるんだけど、今ちょうど壊れてんだよね。」

「そうですか。すみません。」

「なんで謝るの、こっちこそごめんだよ。」

「いえ……。」

私は、何をしているのだろう。恥ずかしくて、店を飛び出して走りだしたくなった。

「座んない？　コーヒーないけど。」

マキさんは、やっぱり女神だ。私は許されたことに感謝して、椅子に座った。ランドセルを背負っているのが恥ずかしくて、膝の上に置いた。コーヒーがなくてよかった。

「肉子ちゃん、元気？」

「元気です。最近どんどん太ってて。」

深夜、受話器を握っていた肉子ちゃんの、大きなシルエットを思い出す。

「はは、いいよねぇ肉子ちゃん。見てると元気もらえるよ。」

マキさんが、肉子ちゃんから元気をもらうことなんて、あるのだろうか。マキさんは、お世辞を言うようなタイプではないし、本当にそうなのだろうけど、肉子ちゃんがマキさんに与えてる元気って、何なのか。

「マキさんは、東京に住んでたんですよね。」

「んー、うん。まあね。」

マキさんは、煙草を持った手で頬杖《ほおづえ》をついている。煙があんなに、目に近い。

「あの、私も、東京に住んでて。昔。」

「ああ、そうだよね。肉子ちゃんに聞いたよ。」

私が思っているより、肉子ちゃんとマキさんは、近しいらしい。

「新井《あらい》薬師《やくし》ってとこに住んでて。あの、その名前のお寺があるんですけど。」

「知ってる。目の神様か何かがいるんじゃなかったっけ。」

「え、そうなんですか。知らなかった。」

「違ったかなぁ。」

「いや、そうだと思います。」

「え、知らないんでしょ？」

「あ、はい。でも、そうだと思います……。」

「ふうん。」

マキさんを持ちあげていると思われたくなかった。恥ずかしくて、ランドセルの金具をぎゅっと握りしめた。ランドセルがぼろいのが、余計に恥ずかしい。早く大人になりたいな、と、その瞬間、強烈に思った。早く大人になって、この街を出たかった。

「マキさんは、あの、東京のどこに住んでたんですか。」

「私？　私は、最初祐天寺《ゆうてんじ》ってとこに住んでて、東横線《とうよこ》の。その後は引っ越した。元夫と出逢ったからね。三軒茶屋《さんげんぢゃや》。」

モトオット、という発音が、格好よかった。

「東京は、楽しかったですか。」

「うーん、そんなことないよ。人も車も多いし、私には向いてなかった。」

「何年住んだんですか。」

「14年？　5年？」

向いていない街に、そんなに長く住めるものだろうか。

「東京なんて、皆が皆、寄ってたかって行くけど、全然よくないよ。思わない？」

「私は、小さかったし、よく分からないです。」

「全然よくないよ。」

マキさんは、少し怒ってるみたいな声を出した。マキさんがそんな声を出すのを見るのはもちろん初めてだったし、少し子供っぽい表情のマキさんを見たのも、初めてだった。

「あの、マキさん。」

子供っぽいマキさんに、何故か私は、勇気を得た。

「デュープって雑誌知ってますか。」

「デュープ？　何それ？」

「あの、この間、水川神社でモデルの撮影をしていて。」

「ああ、知ってる。皆、馬鹿みたいに騒いでたよね。」

その馬鹿みたいに騒ぐ人たちの一員だったとは、言えなかった。

「その雑誌がデュープっていうんです。」

「へえ。なんか気取った名前だね。」

マキさんは、今や完全に怒っていた。写真家のことを話せる雰囲気なんて、微塵もない。

「ファッション誌かカルチャー誌か何か知らないけど、こういう場所に来て写真撮るのがいけてるって思ってんでしょ。」

「はぁ。」

「馬鹿にしてんだよ、私達のこと。よくこんな田舎に住めるなって思ってるんだよ。」

マキさんは、乱暴に煙草を揉み消すと、また、新しい一本に火をつけた。

「そういえば、寂れた場所で写真を撮るって言ってました。」

「ほらね。馬鹿にしてるよ。東京でいけてるからって、天下取ったみたいに。そもそもさ、その雑誌？　なんて名前だっけ？」

「デュープです。」

「気取っちゃって。誰も知らないじゃん、そんな雑誌。誰のためにもならないことしてさ、自分達の自己満足でお洒落《しゃれ》なことして、米作ってる農家の人のがよっぽど偉いよ。」

「そ、うですね。」

「東京で人とか車に嫌気さしながら無理してかっこつけて暮らすより、こうして街の人達が困ってたら鍵を開けに行く生活の方が実があるよ。私には合ってる。」

もしかして。

「東京なんて、まともな人間の住むとこじゃないよ。」

マキさんは、東京に対して、東京に住んでいる人達に対して、小さな劣等感を持っているのじゃないだろうか。

マキさんのモトオットは、どんな人だったのだろう。マキさんはどうして、その人と別れたのだろう。大人になってから、自分の生まれ育った街に帰ってくるのは、どんな気持ちなのだろう。

急に、マキさんの煙草を、煙たいと思った。マキさんが、38歳のマキさんが、無理して煙草を吸ってるんじゃないかと思った。

そんなマキさんを見るのが、嫌だった。

「あの、私、行きます。」

立ち上がると、ぼろいランドセルが、かちゃ、と、音を立てた。

「え、もう？」

「あ、はい。ありがとうございました。」

「ありがとうって、私何もしてないよ。パソコンも壊れてたし。ごめんね。」

「いえ、そんな。マキさんとお話し出来て、嬉しかったです。」

「またぁ、何言ってんの。」

マキさんは、私がマキさんのことを、格好いいと思ってることを、知っているのかもしれない。いつも以上にマキさんに媚《こ》びている自分を思って、嫌になった。

「また、鍵、よろしくお願いします。」

変なことを言った。でも、マキさんは、

「あいよー。」

と、いつものマキさんに戻った。私は何故か、少し悲しい気持ちで、店を出た。

出たところで、二宮に会った。驚いた。

「わあ、二宮。」

「おう。」

二宮と話すのは、夏休み以来だ。お互いランドセルを背負っていることが、おかしかった。二宮は、ひとりだ。

「あれ、あとのふたりは。」

「誰。」

「いつも一緒にいるじゃん、二宮。」

「ああ、桜井と松本。」

「そうらっけ。」

知ってるのに、知らないフリをした。

「俺今日、センター行く日らすけ、ひとりなんて。」

「模型作るん？」

「そう。」

夏休み、盆踊りで当てた城のプラモデルをあげると、二宮は、「こんなもんじゃねんだよ」と言った。私は、「こんなもんじゃない」二宮の模型を、見たくなった。

「ねえ、そこってパソコンある?」

「パソコン?　あるよ。」

「一緒に行ってもいい?」

「いいよ。」

私達は、猿商を少し離れて歩いて、バス停に向かった。

「学校の帰りにも行くんら。」

「そうらよ。」

バス停が近づく度、誰か知ってる人が来ませんように、と祈った。二宮は、バスに乗ってる間、一度も顔を動かさなかったけれど、たまに、黒目をぎゅう、と近づけていた。

「それも顔を動かしてるってこと?」

そう聞いても、何も答えない。

ことぶきセンターの前まで来て、ああ、ここだったのか、と思った。遠くからでも見える、大きなグレーの建物を、前々から、何なのだろうと思っていた。小さな街だけど、まだ知らないことが、あるのかもしれない。

「私も入れるん?」

「大丈夫らよ。」

そう言いながら、二宮は首にぶら下げていたカードを取り出した。

「それがないと入れないんじゃないいん？」

「大丈夫らって。」

実際、二宮はカードを受付の人に見せたけど、その人は私に、何も言わなかった。

建物は、大きな吹き抜けになっていた。すべてがコンクリートのグレーだけど、冷たい感じはしない。どうしてだろう、と思って、よく見ると、角ばったところがないからだった。曲がり角や、床と壁の境目が、すべて、緩やかなカーブになっているのだ。

二宮は、慣れた様子でエレベーターに行き、下に降りるボタンを押した。

「地下なん？」

「そうらよ。」

エレベーターは、柔らかいオレンジ色の空間だった。なんだか、宇宙船みたいだ。私たちの街のこんな近く、少し歩けば見えるこの建物に、今まで関わってこなかったことが、不思議だった。

地下2階で降りても、そこは明るかった。どういう造りになっているのか、エレベーターを降りて正面に、大きな窓があって、光が差し込んでいる。窓の外はきちんと地上で、楓《かえで》の木がある。

「山の斜面に建ってるんらよ。」

私が不思議そうな顔をしているからか、二宮がそう教えてくれた。まるで、自分がここを建てた人みたいに、得意そうだ。

二宮が入ったのは、ある部屋だった。8畳くらいで、白い絨毯が敷いてあって、木のテーブルがある。明るくて、ものすごくいい匂いがした。見ると、丸い機械のようなものから、いい匂いのする蒸気が出ているのだった。

「二宮君、こんにちは。」

背後から声がしたので、驚いた。振り向くと、若くて綺麗な女の人が、二宮と同じカードを首からぶら下げて、笑っている。

「ちは。」

二宮は、私をちらりと見た。

「二宮君のお友達?」

「そうです。こんにちは。」

「こんにちは。」

女の人は、じゃあ、持ってくるね、と笑って、廊下を歩いて行った。どきどきした。木のテーブルに触れると、少しだけ暖かい。日の光が、温めたのだ。

「二宮は、ここで、模型を作ってんら？」

「そうだよ。」

「あの人は誰？」

「うーん、俺の係の人。模型を持ってきてくれるんだ。」

「係の人。へえ。」

係の人がいるなんて、二宮はなんだか偉い人みたいだ。そう思って見ると、二宮は、さっきと同じように得意げだった。なんだよ、と思った。

椅子に座ってみると、目の前の窓から、楓が見える。薄く紅葉していて、とても綺麗だ。ものすごく素敵な場所だったけれど、二宮がまた得意げな顔をしそうなので、言ってあげない、と決意した。

目の前に座った二宮は、口をタコのようにして目を剝き、しゅううう、しゅううう、と、空気を吸っている。今は、嬉しくてそうしているんだなと、分かった。二宮はきっと、誰かにこの場所を見せたかったのだ。私だって、こんな素敵な場所だったら、自慢したくなるだろう。私も、二宮と同じ顔をしてみた。しゅうう、しゅううう、と空気を吸うと、笑いだしそうになった。

「あ、二宮、パソコンないじゃん。」

「この部屋にはねえてば。」

「じゃあ、どこにあるん。」

「知らね。」

「なんら、それ。」

他に人がいる気配がしなかった。とても静かな建物だ。私は、知らない船に乗せられて、見知らぬ国に来たような気持ちになった。ここでは、食べるものも、話す言葉も、挨拶のやり方も違う。信じている神様も、失礼な行動も、私達とは、全然違うのだ。そう思って、二宮を見ると、ちょっと面白かった。二宮は、しゅううう、しゅううう、と息を吸い続けている。唇にうっすら唾がたまって、首には、血管が浮き出ていた。

「二宮。あのふたりとは仲がいいんけ？」

「ふたり？　ああ、松本と桜井？」

「そう。」

「仲がいいっていうか、2年からずっと同じクラスだし、気づいたらいるって感じ。」

「あのふたりは、二宮がここに来てるの知ってるん？」

「知ってるよ。」

「そうなんだ！」

「うん。」

なんだか、二宮が羨ましくなった。同時に、私にだけ言ってたことじゃないんだと思って、腹も立った。変な顔のくせに、生意気だ。

いい匂いのする蒸気は、しゅしゅしゅしゅ、と天井を目指し、途中で消えてしまうけれど、はっきりと軌跡を残している。思い切り吸い込むと、自分の体が、そのいい匂いで、満たされる気がした。

「1組の女子がさ、変なことになってるんらよね。」

言うつもりではなかったのに、そう言ってしまった。

「なにが。」

「マリアちゃんっているじゃん。あのフリフリの服着た子。」

言い方に、棘があるな、と、自分でも思った。でも、二宮を前にすると、口がつるつる、滑るのだ。

「ああ、あいつ、可愛いよな。」

思いがけない二宮の言葉に、大声が出た。

「はあ？　どこが？」

二宮は、意外だ、という顔をして、私を見た。

「だって、お姫様みてえな服着てでさ、女子っぽいよ。」

「嘘、全然似合ってないじゃん。マリアちゃん、自分の顔のこと分かってないんらよ。なのに、あんなフリフリの服着て、みんなに悪口言われてんのも気づかないんらよ。」

「悪口言われてんだ、かーえそー。」

二宮の後ろで、楓の葉っぱが1枚、はらりと落ちた。あまりにあっさり落ちてしまった。私は水族館のイワシを思い出した。腹が立って、ムキになった。

「最初は、マリアちゃんが仕掛けてきたんらよ。」

「仕掛けたって?」

「マリアちゃん、クラスで自分が中心になりたかったんてば。それで、クラスを仕切ってる森さんと金本さんを引き離そうとして、でも、結局マリアちゃんがはずされたんだ。」

「へえ、でもひとりってかーえそうじゃん。お前、仲良かったんらね?」

「だって、最初にマリアちゃんの方から、私の悪口言ったりしてたんらよ。私がマリアちゃんの作戦に乗らなかったったけさ。」

「作戦って。」

「だから、クラスでマリアちゃんが中心になる作戦らよ。みんなに私の悪口言って、下校んときも、すり橋で私のこと睨んだり、笑ったりしてたんだて。」

「ふうん。」

「だから、」

私はそのとき、どうして自分がマリアちゃんに声をかけないのか、ひとりでいるマリアちゃんを見て、本当はどう思っているのかが、分かった。

「ざまあ見ろって感じらよ。」

それが、私の本心だ。

皆、もうマリアちゃんを許してもいいのに、なんて、そんなの嘘だ。本当は、誰もマリアちゃんを、許してほしくなかった。

私が言えば、きっと皆、マリアちゃんを許すだろう。なのにそれをしなかったのは、私が誰より、マリアちゃんを疎ましく思ってたからなんだ。

「ふうん。」

二宮は、べーっと、舌を出した。それが、悪意じゃないことを知っているから、私も安心して、舌を出した。ぎゅう、と、舌先に力をこめたら、ぽろりと、涙が出た。

私って、なんて狡い子なんだろう。

なんて狡くて、嫌な子なんだろう。

二宮は、舌を出すのをやめて、口を大きく膨らませている。白目を剝いているのは、泣いている私を見ないようにしてくれているのかもしれなかった。

「お待たせ、二宮君。」

さっきの女の人が、銀色のスーツケースみたいなものを持ってきた。随分大きい。中に模型が入っているのは分かったけれど、私は、涙を止めようとするのに必死で、何も言うことが出来なかった。

「見須子、俺の模型見れ。驚くて、きっと。」

二宮は、テーブルに置かれたケースを、恭しく開けた。

ケースは、開けたところから、細く、ゆっくりと光った。


家に行くと、マリアちゃんは泣いた。

今までごめんね、と言われて、思いがけなくて、思わず、いいよ、と言ってしまった。

私だって、謝りたかった。

ひとりぼっちになってるマリアちゃんを見て、ざまあ見ろ、て思ってた。マリアちゃんがひとりぼっちになる前から、マリアちゃんを疎ましく思ってた。皆に、ちやほやされて、私は、嬉しかった。マリアちゃんより、キクりんの方が好きって言われて、それで安心してた。

マリアちゃんの大きな家が、屈託のない自信が、綺麗な浴衣が、私は羨ましかったのだ。

明日から一緒にバスケやろう、と言うと、マリアちゃんは、うん、と言った。


猿楽小学校の運動会の日は、馬鹿みたいに晴れた。

東京の小学校では、教えられた通りに、行進したり、踊ったり、全力で走ったりすれば終わる日、そんな風に思っていた。保護者の人達が見に来ていたけれど、誰が誰の親か分からなかったし、お昼ご飯も、教室でいつも通り、給食を食べた。

でも、この街に来てから、あれは、私のような、両親の揃っていない子供のためのシステムだったのだと知った。

こっちの運動会は、家族が総出で参加するものだった。

当然、誰がどの子のお母さんか、お父さんか、お祖父《じい》さんかお祖母《ばあ》さんかまで分かったし、お昼ご飯は、各家庭のシートで食べることになっていた。

私たち1組は、白組だった。白い鉢巻をおでこに巻くと、なんとなくキリリとした気持ちになる。不思議だ。

「変じゃない？　どう？」

マリアちゃんは、相変わらずマリアちゃんだった。鉢巻を可愛くしめられているか、気になって仕方がないらしい。

「変じゃないて。ねえ、どう思う？」

近くにいた金本さんに聞くと、金本さんも、

「変じゃないよ。」

と言った。

マリアちゃんが壁を作っていた、と、皆は言ってたけれど、その壁の強度を高めていたのは、私だった。私は勝手に、皆がマリアちゃんを疎ましく思うだろうと、先回りしていたのだ。

「赤の方がよかったなぁ、可愛いじゃん。」

マリアちゃんは、2組の女子を見て、羨ましそうだ。

マリアちゃんはマリアちゃんで、皆と普通に接すればいいのだ。喧嘩《けんか》したり、仲直りし

たり、疎ましがられたり、勝手にやればいいのだ。私はそれを、友達として、ただ見ていればば、よかったのだ。

「そう？　白の方が、なんか運動会って感じらない？」

「どういう意味？」

「うーん、なんか、運動会っていう感じ……。」

「それしか言ってないじゃん！」

「ねえ、意味が分かんないよ！」

「あ、でも、赤組もないと運動会じゃないもんね。どっちも必要らよね。ごめん。」

「なんらてそれー、キクりんって、やっぱり天然らね！」

「本当らよー、なんで謝るのー。意味分かんない！」

金本さんは、最近、また、ぐんと背が伸びた。リレーのアンカーだ。

金本さんの家族は、「金本製材」と書いた立派なテントの下に陣取っている。皆、顔がそっくりだから驚いた。

マリアちゃんの家族は、本部に近い場所に陣取っていた。お母さんは、上下紫の、絶望的なほど派手なジャージを着ている。保護者参加の障害物競走に出るのだ。ジャージは光る素材なのか、たまに太陽を反射して、私達の目を射貫《いぬ》く。

肉子ちゃんも、借り物競走に出る予定になっていた。病気になって欠席してくれないか、と思っていたけれど、この数年、肉子ちゃんは風邪を引いたことすらない。

肉子ちゃんは、私が散々言ったから、シンプルなグレーのスエットの上下を着ている。校門に近い場所に陣取っていて、シートにはサッサンとゼンジさん、ゼンジさんのお母さんと出戻りの妹もいた。サッサンは、「うをがし」を夜まで休みにしてくれたのだ。お酒は禁止なので、皆、魔法瓶に焼酎を入れて、緑茶で割って飲んでいる。

低学年のつまらないダンスが終わり、私達高学年女子の、組体操が始まった。

ピラミッドでは、私は2段目だった。私の右足は穂積さんの背中に、左足は岸さんの背中に乗せるのだけど、岸さんはもうブラジャーをしていて、そのホックに膝が当たって、練習の度に、痛い思いをした。

ピッという笛に合わせて、なんてことのない体勢を取る。それだけで、運動場の周囲で拍手が起こり、カメラの「カシャッカシャッ」という音が響いた。

扇を作っているときに、ゼンジさんが私を撮っているのが見えた。あれが「写真家」だったらどんなにいいだろう、と思ったけれど、こんな汚い体操服姿を見られるのは嫌だな、と、思い直した。

組体操の後、男子は、騎馬戦をした。

私は知らず知らず、二宮の姿を探していた。二宮は目立った。桜井と松本と、小柳という男子の作る騎馬に乗っていた。いつも、ふたりの後ろについて歩いていたから、今日の二宮は、どこか凶暴に見えた。

「ほらキクりん、松本と桜井が残ったよ！」

二宮達の騎馬は、最後まで残った。赤組だ。

白組はふたつの騎馬が残っていたから、不利だった。女子達は当然、白を応援したけれど、私はこっそり、二宮を応援した。ふたつの騎馬から、白い帽子をもぎとって、それで、思い切り、変な顔をしてほしかった。白目を剝いたり、歯を剝き出したりして、皆を威嚇してほしかった。驚いた皆を見ながら、私もこっそり、変な顔をするんだ。

「何、キクりん、何やってん？」

リサちゃんが、私を見ていた。

「え。」

「なんか変な顔してたでしょ。」

私は知らぬ間に舌を出し、寄り目になっていた。

「うん、なんか、顔動かすと、気持ちいいんらよね。」

「なんらてそれー、やっぱりキクりんって天然！」

リサちゃんの斜視の目が、にゅう、と弧を描く。そのとき、ぱしゃっ、と、フラッシュが光った。眩しくて、目がくらくらした。誰かが、騎馬戦じゃなくて、私達を撮ったのだ。ほんの少し前に、変な顔をしていたから、危なかった。もしかしたら、卒業アルバムなんかに、使われてしまうかもしれないからだ。なんで昼間にフラッシュを焚《た》くのだ、そして、撮影するときに、断れよ、そう思って、腹が立った。振り返ってカメラマンを探したけれど、姿が見つからない。素早い奴め。挙句、その間に、二宮は帽子を取られて負けてしまった。あああ、と、赤組の女子が落胆するのが見えた。

お昼ご飯の時間だ。皆、蜘蛛《くも》の子を散らすように、各々のシートに走って行く。シートに行くと、すごくお酒臭かった。でも、隣のシートでは、男の人達が堂々とビールを飲んでいたし、本部席には、瓶ビールを持って、校長先生にお酌をしに行っている人までいた。

「おうキク、おめさんはやっぱり足速《はー》えねぇ。」

サッサンが、嬉しそうに言った。午前中の徒競走で、私は一番を取ったのだ。胸には、低学年が金色の折り紙で作ったメダルが、かけられている。ゴールをしたときも、ばしゃ、と、フラッシュが光った。1位になったところが載るのは嬉しいけれど、必死な顔をしていたら嫌だな、と思った。金本さんなんて、鼻の穴を広げて、随分な顔をして走るのだ。

「キクりんは運動神経抜群やねんっ！」

肉子ちゃんは、大きなタッパーを次々と開けている。大きなおにぎり、ウインナー、冷凍の唐揚げ、茹でただけの大量のブロッコリー。サッサンとゼンジさんは、あたりめや、チーカマを食べて、すっかり出来あがっているようだ。

「うちも、がんばらな、あ、あかんな、借り物競走っ！」

肉子ちゃんは、緊張のあまり、少し頬が紅潮している。じっとしていられないのか、腕をぶるんぶるん振りまわした。それがゼンジさんのお母さんのあごにぶち当たり、お母さんは「うっ……」と唸って、くずおれた。

「あっ、ごめんごめんごめんごめんっ！」

「大丈夫、大丈夫……。」

「わはははははは。」

ゼンジさんは、殴られた実の母を指さして、笑っていた。相当、酔っているみたいだ。

ゼンジさんの妹は、ユリコさんといって、3歳の女の子を連れて来ていた。名前は、「乃亜」ちゃん。初めて名前を聞いたとき、「別れた旦那がつけたのよ！　プロレスが好きでさー」と、言い訳をするように言った。「別れた旦那」は、同じ町内で暮らしている。

乃亜ちゃんは、隣に座った私のメダルを、ずっといじくっている。

「これ、欲しい？」

乃亜ちゃんがこくんとうなずいたので、首にかけてあげた。乃亜ちゃんの髪は、ふわふわと逆立っていて、薄い茶色で、生まれたての雛《ひな》みたいだった。

「ちょっと、トイレ行ってくるっ！」

肉子ちゃんが、そう言いながら立ち上がった。手に、おにぎりをふたつ持っている。

「肉子ちゃん、トイレにおにぎり持っていくん。」

「あははははははっ！」

肉子ちゃんは、おにぎりを見て爆笑した。でも、そのまま、何も言わずに、行ってしまった。よほど、緊張しているのだな、と思った。緊張しているときの肉子ちゃんは、何か食べ物を、身近に置いておきたがる癖があるのだ。あんまり張り切ってくれなくても、いいのにな、と思った。

肉子ちゃんの後ろ姿を見ていると、サッサンが、ほら、キク、食え、と、タッパーをこちらに押しやった。ウインナーとブロッコリーをほおばっていると、

「キクりん、おいなりさんもあるよ！」

ゼンジさんのお母さんが、おいなりさんをこちらに寄越した。私の手にじゃなく、口に

直接放り込む。ウインナーもブロッコリーも、まだ口に詰まったままだ。

「あふぃふぁと。」

「えー？　なんて⁉」

皆が私を見て笑う。乃亜ちゃんも、笑う。

なんか。

なんか、すごく、運動会って感じだ。

午後になると、保護者参加の競技が増える。綱引きにも参加するし、大玉転がしにも参加するし、二人三脚にも参加する。皆、そのときは、赤とか白とか忘れて、ただただ応援する。笑う。手を叩く。私も知らず、手を叩いて応援していて、それで、見上げたら、馬鹿みたいな晴れで、旗がひるがえっていて、「がんばって！」。すごく、恥ずかしかった。

なんか、すごく、運動会って感じだ。

マリアちゃんのお母さんは、障害物競走で、平均台から落ちた。紫のキラキラが、ごろごろ転がって、皆は手を叩いて笑った。

「眩しい！」

「光！」

「派手！」

マリアちゃんも、笑っていた。クラスの女子は最近、マリアちゃんの漫画を、また取り合っている。

借り物競走が始まるとき、赤組の陣地で座っている二宮と目が合った。二宮は目が合うと、あかんべーをしてきたけれど、それがいつもの「変な顔」じゃないことは、分かった。二宮も、徒競走で1位を取っていて、首には、しょぼい金メダルがかかっていた。光ることが分かると、二宮はそれを使って、私の目を攻撃しだした。乃亜ちゃんにメダルをあげたことを、後悔した。

スタートラインに並んだ肉子ちゃんは、参加者の中で、一番太っていた。というより、運悪く、肉子ちゃんの組は、すらりと細い人ばかりだったのだ。ひとり、団子みたいな肉子ちゃんは、明らかに浮いていて、それだけで、皆が笑った。私は恥ずかしかったから、金本さんの後ろに隠れて、見守った。

肉子ちゃんは、張り切りすぎているのと、緊張しているので、頰がぷるぷると揺れていた。いつもより瞬きが少なくて、そして、2度もフライングをした。

「肉子落ち着けーっ！」

サッサンの叫ぶ声が聞こえる。サッサンの大声なんて、初めて聞いたかもしれない。

3度目のピストルで、やっと、スタートした。あれだけフライングしておいて、肉子ちゃんは、思い切り出遅れた。そして、肉子ちゃんよりうんと年上の男の人や、他のお母さん達に、どんどん差をつけられていった。

走っているときの肉子ちゃんの顔は、見ものだった。真っ赤に染まった頬、受け口（必死になると、そうなるのだ）で、小さな目を剝き、短い両足を、バタバタとみっともなく動かしているのに、ちっとも進まないのだ。どうやったら、あんな走りが出来るのだろう。私は、自分のこぶしをぎゅっと握りしめて、何か分からないものに、祈った。

先を行く人達は、拾った紙を、コース上で立っている先生に見せている。先生は、マイクで、「渡辺さんのお祖父さんの借り物は、ジャンパーです！」とか、「堀田さんのお母さんは、老眼鏡です！」とか、叫ぶのだ。

ジャンパー、老眼鏡、水筒、靴下、携帯電話、と、比較的簡単なものが続いて、やっと辿り着いた肉子ちゃんが引いたのは、

「漁港の肉子ちゃんの借り物は、小説です!!」

嘘だろ、と思った。

誰が書いたんだ、と絶望したけれど、肉子ちゃんは、諦めなかった。その頃には、もう他の5人皆、ゴールしていたから、全力で走らなくていいのに、保護者って、そういうものなのに、肉子ちゃんは、低学年の徒競走より、必死な顔をして走っている。二重あご。

「誰かぁっ、誰か、小説を貸してーっ！」

あんな大声で、小説を借りたがる人なんて、図書館にもいないだろう。運動場中が、肉子ちゃんを見て、大笑いしている。私は顔を覆って、指の間から、肉子ちゃんを見た。

そのとき、お爺さんが、司馬遼太郎の「峠」の上巻を差し出した。奇跡だ。

「峠ぇええええっ！」

肉子ちゃんは、そう絶叫しながら、「峠　上」を抱えて、走った。

「肉子ちゃんがんばれぇっ!!」

「肉子ぉおおおっ！」

誰かの声が聞こえる。いつの間にか、運動場中が拍手していた。

「キクりんのお母さん、最高っ！」

金本さんもマリアちゃんも、肉子ちゃんを全力で応援していた。肉子ちゃんって、小さいとき、きっと捕まっても鬼にならなくていい子だったのだろうな、と思う。大阪では、そういう子を、ごまめ、ごまめ、と言うのだ。

「ごまめ」の肉子ちゃんは、あれから、よく電話をしている。それも、いつも夜中、小声だ。どんな男か知らないけれど、肉子ちゃんの、この姿を見たら、どう思うのだろうか。

私に内緒にしているということは、本気なのだろうか。

肉子ちゃんが、やっとのことでゴールをしたときは、運動場の皆が、立ち上がって、拍手していた。こんなことって、あるのか。拍手するべきは、無様な肉子ちゃんじゃなくて、「峠　上」を持っていた、お爺さんではないのか。

ちらりと見ると、信じられないことに、お爺さんは、「峠　下」を大きく振って、肉子ちゃんに喝采《かっさい》を送っていた。

△

12月に入ってすぐ、重松の奥さんが亡くなった。

ある日、起きてこないのを心配したアライグマのお嫁さんが、お布団で死んでいる重松の奥さんを、発見したのだそうだ。

お葬式には、初めて行った。喪服を持っていなかったから、肉子ちゃんが黒いワンピースを買ってくれた。黒だし、喪服という体《てい》だけど、ワンピースなんて着るのは久しぶりで、少しくすぐったかった。

肉子ちゃんが喪服を持っていたなんて知らなかった。いつ買ったのか、黒いジャケットは、お腹が邪魔をして、ボタンが留められなかった。

「苦しいわーっ！」

肉子ちゃんは、また太った。

お葬式は、「重松」の奥の座敷で行われた。店にしか入ったことがなかったし、それも、マキさんとコーヒーをもらったあの一度きりだったから、変な感じだった。重松の奥さんの遺体を見て、自分がどう思うのか、全く見当がつかなかった。

会場には、マリアちゃんもいたし、クラスの子も何人か来ていた。隅の方で、固まっている。お葬式の雰囲気にやられたのか、それとも、本当に悲しいのか、ハンカチを持って、すすり泣いている。

みんな、私の知らないところで、重松の奥さんにはお世話になっていたのだろうか。もう亡くなったのに、お茶のひとつでも買っておけばよかったと後悔した。自分が場違いな人間に思えた。

私は、皆に小さく手をあげて挨拶をして、でも、みんなと離れたところに居続けた。最近は、トイレにもひとりで行くし、バスケをする気分じゃないときは、休み時間に本を読んでいることもある。皆は、そんな私を見ても、何も言わないし、マリアちゃんも、私を放っておいてくれる。

「脳梗塞《のうこうそく》だって。」

「あらぁ、そういんだ。怖いねぇ……。」

集まった人が、ひそひそと話をしている。

お坊さんの読経が聞こえる。学校を思い出す。授業中たまに、寺から聞こえてくることがあるのだ。皆は眠くなる、暗い気分になると言うけれど、私は好きだ。体の奥の方に溜まっていた、なんとなく黒っぽいものが、じわじわと消えてゆくような気がする。リズムとメロディに体を任せていたら、頭が真っ白になる。あ、おならをするときに似ている、と思う。

「肉子ちゃん。」

小さな声で、肉子ちゃんを呼ぶ人がいる。振り返ると、マキさんだった。マキさんは、泣いていた。目を真っ赤に腫《は》らして、鼻声なものだから、誰か分からなかった。

「マキちゃん。」

肉子ちゃんが、マキちゃんと呼んでいるなんて、知らなかった。それとも、お葬式の雰囲気に呑まれて、ただ興奮しているだけなのかも。

肉子ちゃんは、案の定、マキさんの顔を見て、もらい泣きを始めた。肉子ちゃんは、重松の奥さんと、話をしたこともないだろうに。

「急だったね。」

「ほんまやなぁ……！　若すぎるわぁ……っ！」

肉子ちゃんのひそひそ話は、普通の人の普通の声ほどのボリュームがある。夜中の電話では、あんなにひっそりと話すことが出来るくせに。恥ずかしかったけれど、ひときわ大きな声で泣いている女の人の声に、肉子ちゃんの声はかき消された。

参列者の一番前、重松の息子さんの隣で、アライグマのお嫁さんが、泣いているのだった。ああああ、ああああ、と、声を限りに。

びっくりした。

「すごく、仲良かったからね。」

マキさんが、そう言って、また泣いた。

「え。そうなんですか。」

思わず、聞いた。

「そうだよ。本当の母娘《おやこ》みたいだったんだよ。」

私は、いつもおし黙っていたアライグマのお嫁さんと、まんまるい顔をした重松の奥さんを、思い出した。ふたりとも、目も合わさなかったし、話もしていなかった。狭いお店にふたりでいるのは、随分気づまりなことだろう、と思っていたけれど、あれは、慣れあったふたりだから出来る、沈黙だったのだ。

「ご両親を小さいときに亡くしてね、重松んとこお嫁に行って、重松の奥さんに、本当の娘みたいに、可愛がってもらったんだよ。」

「そうなんやぁ……っ！」

「可哀想に。しばらく立ち直れないねぇ。」

「そうやなぁ……っ！」

遺影の中の重松の奥さんは、にこにこと笑って、まんまるで、不自然なトリミングをされている。喪服も合成だと、すぐに分かる。サッサンの奥さんの遺影を思い出して、そして、肉の焼ける美味しい匂いを思い出した。なんて不謹慎なのだろうと思ったけれど、肉、肉、そればかりを思って、弔いに集中出来なかった。

棺の中の遺体を見ても、私は泣かなかった。

重松の奥さんは、口を半分開けて、ぽかん、というような顔をしていた。まさか、自分がこんなに早く亡くなるとは、思わなかったのだろう。鼻に脱脂綿が詰められているから、随分まぬけな顔に見えた。

肉子ちゃんは、

「綺麗な死に顔ぉおおおっ！」

と言って、泣いた。お前誰だ、と、皆思っているだろうな、と思ったけれど、皆、肉子ちゃんの声に、もらい泣きを始めた。

見よう見まねでお焼香をして、列から離れると、会場から、三つ子の老人が出て行くのが見えた。白い煙を、まとっていた。

3人も、死を悼んでいるのだ。

「肉子ちゃん、えらい泣いてたな。」

帰り道、肉子ちゃんにそう言うと、肉子ちゃんは、

「だって、人が死ぬんは悲しいやんっ！」

と言った。休みの日になると、自動的に喜ぶのと同じように、誰かが死ぬと、自動的に悲しむのだ。サツマイモを食べたら、大きなおならをする人なのだから。

「肉子ちゃんの知ってる人、死んだことあるん。」

「あるようっ！」

肉子ちゃんは、まだ、数珠《じゅず》を持ったままだ。親指と人差し指で、玉をいじっている。

「誰？」

「うーんとな、小学校の同級生と、お祖母ちゃんと、おとんっ！」

「え、お父さん？」

驚いた。肉子ちゃんが、家族の話をすることはない。お父さんが死んだなんて、知らな

かった。一応、私の、お祖父ちゃんなのだ。

「でも、4歳くらいのときやでっ！」

肉子ちゃんは、お葬式で泣いたことなど、嘘だったみたいに、にこにこと笑っている。もはや喪服が浮いている。

「でも、て。めっちゃ悲しかったやろ。」

「覚えてへんねんっ！」

「嘘。4歳やったら覚えてるんちゃうん。」

「うーん、阿呆やったからっ、覚えてへんねんっ！」

数珠をいじる、肉子ちゃんの親指は、とても太い。爪が丸くて、それが玉みたいだ。

「肉子ちゃんって、どんな子供やったん。」

言ってから、そんな普通の質問を、肉子ちゃんに初めてしたことに気づいた。なんだか、どきどきする。変だ。

「体めっちゃ弱かってんでっ！」

「嘘。あ、でも、未熟児って言うてたか。」

「せやでっ！　兄弟の中でも、お母さんだけ弱くて、寝込んでばっかりで、おかんは働いとって、ほら、おとんちっさい頃に死んでるから、だから、お母さんはお祖母ちゃんに面倒見てもらっとってんっ！」

「そうなんや。」

猿商には、喪服の人たちばかりだ。皆、重松の奥さんが葬儀場で焼かれるのを、待っているらしい。肉子ちゃんは、「うをがし」があるから帰っていて、私も、肉子ちゃんに付き合った。

「そのお祖母ちゃんは？」

「死んだよっ。」

「……いつ？」

「中学んときっ！」

肉子ちゃんは、ずっと数珠をいじっている。どこにしまってあったのだろう。使うのは、いつ以来なのだろう。

「泣いたわぁーっ。」

「……そら、そうやろう。お母さんの代わりみたいなもんやったんやろ。」

「せやなぁっ！　おかんも、彼氏おったしなっ、兄弟もはやくに家出とったからっ。」

夜中に小声で話す肉子ちゃんを、自称小説家男にご飯を作る肉子ちゃんを、思い出した。肉子ちゃんも、私のような思いをしてきたのだ。どんな思いか、自分でも、はっきり分からないけれど。

「寂しかったようっ！」

そうか、私は、寂しかったのか。

なんだそれ。恥ずかしくなった。そんなのって、小さな子供みたいだ。

「寂しかったようっ！」

急に、肉子ちゃんの体は、脂肪だけで出来ているのではない、と思った。肉子ちゃんの影は、とても大きい、そして、濃い。

「でも、お祖母ちゃんが、死んでもそばにおるからな、て、言うてくれはったからっ。しばらくは寂しかったけどなっ、でも、大丈夫になったっ！」

人の言うことを、100パーセント信じる、肉子ちゃん。

高校に行かず、ひとり、家を出た肉子ちゃんを、思い浮かべてみた。どうしても、今の、福々しくて、マトリョーシカみたいな肉子ちゃんしか、思い浮かばない。それか、綺麗な女の人と写っていた、「職場」での写真。太っていて、でも、犬みたいな顔をしていた肉子ちゃん。

「い、ま、もっ、」

「何？」

「キクりんおるから、ぜーんぜん、寂しくないわっ！」

お好み焼き男もいるしな、と言いたかったけれど、やめた。

そのときの私は、恐ろしいほど、優しい気持ちになっていた。今すぐ昔にタイムスリップして、小学校5年生の肉子ちゃんと、友達になりたいと思っていた。もし誰かに、デブだとか、ブスだとかからかわれていたら、今の私だったら、全力で肉子ちゃんを守ることが出来ると思った。少し前の、卑怯で、嫌な子の私は、もう、いない。いないはずだ。

「キクりんおってくれて、よーかったっ！」

肉子ちゃんの影。大きくて、やっぱり、濃い。


その夜、銀座猿楽通商店街が、騒ぎになった。

「もんきぃまじっく」の猿が、逃げたのだ。バールで檻をこじあけたような跡があり、主人は、絶対に金子さんの仕業だと、言い張った。金子さんは、いくらなんでもそんなことはしない、と応戦し、ふたりは殴り合わんばかりになった。

「俺がしたんじゃねぇろも、逃げて正解らて。あんな劣悪な檻に入れられて、毎日毎日歯ぁ剝いてたねか！」

「檻に入れた動物を売ってんがんが、よくも言えたもんらて！」

「うるせぇ！　俺は百の愛情を持って動物の面倒見てんらて。あんげしょったれた檻に閉じ込めっぱなしのおめとはわけが違うんらてば！」

「なんらてこの野郎！」

重松の奥さんは、すでに白い灰になって、空に昇って行った後だった。まだ喪服を着たままの商店街の人たちは、金子さんと「もんきぃまじっく」の主人を引き離しにかかった。大変な一日だ。

私は、猿はきっと、二宮が逃がしたのだろうと思っていた。

二宮が見せてくれた模型には、山を自由に駆け回る猿がいたから。

二宮の模型は、小さな、海辺の街だった。

青い海が、浜に打ち寄せ、浜にはペンギンがいる。寝転がっているものもいれば、羽を広げているものもいて、海に潜って、イワシの大群を脅かしているものもいる。とても小さいけれど、ちゃんと、ペンギンだ。

浜を北上すると、港に出る。港は真っ白いコンクリートで出来ていて、船が数隻停泊している。傾いている様子も、ちゃんと再現されていて、船の上には、獲れたての魚が跳ねている。港では、猫たちがおこぼれを狙って、列をなして座っていて、そのうちの１匹を、小さな女の子が撫でている。女の子は、赤い服を着ている。夕焼けみたいな、赤だ。

港から延びる一本道には、市《いち》が立っている。魚を売る屋台、色鮮やかな野菜を売る屋台、アイスクリーム屋や、金魚すくいもある。金魚は、鯉《こい》くらいに大きいけれど、それでも、ちゃんと金魚の形をしている。人がたくさんいて、肩車をしてもらっている男の子は、木になっている何かの果実を取ろうと、腕を伸ばす。

道の先は、段々、街になっていく。道沿いには、パン屋、靴屋、レストラン、映画館がある。映画館の看板には、何故か「ＬＯＶＥ」と書いてあって、レストランの窓際の席では、恋人同士が顔を寄せ合っている。

道の突き当たりは、煉瓦《れんが》造りが綺麗な教会だ。それから放射状に街が広がり、家々の窓は、開け放たれている。家と家を繋ぐように、ロープが渡され、そこには、色鮮やかな洗濯物が干してある。悪戯《いたずら》好きの男の子が、ロープを渡ろうとしていて、白い小鳥が並んで、歌を歌っている。

街のはずれに、立派な木造の学校があって、校庭では、子供達が遊んでいる。ジャングルジム、ブランコ、そしてもちろん、大きな桜の木が生えている。

街の向こうから、なだらかに山が始まる。山の中腹に、立派な神社があって、猿達は、そこにいる。木に登って柿を食べるもの、境内で毛づくろいをするもの。どの猿も、歯を剥き出したりはしない。猿は朗らかに遊んでいる。仲間と一緒に。

模型を私に見せた二宮は、黒目をぎゅう、と上げ、顔に力をこめた。真っ赤になった二宮の顔は、本当の鬼みたいだった。

「すごいね。」

「だろー、べろーべろべろべろー。」

二宮は、我慢出来なくなったのか、私のほっぺたを舐めた。

二宮が尖った舌をしまうと、私のほっぺたは、しくしくと冷たかった。


今年の冬はおかしい、と、みんな言っていた。

いつもなら、11月の終わり頃から降り始める雪が、いつまでたっても、降らなかった。

「暖冬ら暖冬ら言うけど、いつもどこが暖冬なんら、くそ寒いねか、て思ってたんら。だけど、今年は本物だて。こりゃ暖冬だ。雪が降らねぇんらすけの。」

サッサンは、来る客来る客にそう話した。肉子ちゃんは、何度その話を聞いても、初めて聞いたように、

「ほんまやなぁっ！　だんとうすぎるでっ！」

と、大きく相槌を打った。まるで、小さな頃からこの街に住んでいる人のような言い草だった。

雪が降らないせいで、スキー授業が延びに延びていた。結局終業式を迎え、先生は、

「スキーは来年です。」

と、残念そうに言った。

マリアちゃんは、冬休み、ディズニーランドに行くと言っていた。

「クリスマスのパレードって、本当に綺麗なんらよ！」

皆、いいなぁ、羨ましい、と声を揃えて言った。そりゃ綺麗だろうなぁ、ディズニーランドだもんなぁ、と、私は思った。

「お土産買ってくるからね！」

そう言ったマリアちゃんに、スノードームをお願いした。スノードームの雪は、解けないから好きだった。

冬休みの予定は、何もないけれど、夏休みのときのように、ゼンジさんが船を出してくれればいいな、と思った。

やっぱり、雪の日がいい。

雪は海には積もらないけれど、それでも残ろうとする、海面の雪を見たかった。

肉子ちゃんの電話は、相変わらず続いていた。私が眠っている頃をみはからって、時々肉子ちゃんは、深夜、受話器を取る。薄暗がり、しんと静かな夜、肉子ちゃんが小声で話す声。それにももう、慣れてしまった。

「……なん？」「そうかぁ……」「……しぃや」

私は寝返りを打つのを我慢して、じっと、寝たふりを続ける。

秋まで頑張っていた蛾は、もういない。冬になると、蛾もどこかへ移動するのだろうか。


冬休みに入ってすぐの金曜日、「うをがし」に行くと、店内には、見事に常連しかいなかった。ゼンジさん、漁業組合の人、金子さん、畠山さん夫婦。皆、何を盛りあがったのか、相当酔っぱらっていた。

「おうキク！」

「もう冬休みらか！」

私は、皆に軽く挨拶をして、いつもの席に座った。座った途端、サッサンの死んだ奥さんと目が合って、慌てて逸らした。重松の奥さんのお葬式以来、サッサンの奥さんも、話しかけてくるようになったのだ。

「死んだ牛の肉ではなくって、殺した牛の肉です。」

静かに言うものだから、怖い。

金子さんは、今日も、目を見張るほど美味しそうに、肉をほおばっている。「もんきぃまじっく」の主人に、結局1発だけ殴られた左目は、痣《あざ》になっていたけれど、もう治ったみたいだ。

「キク、今日のまかないは、あれだ、えーと、」

「やばいぞ、らねっか！」

漁業組合の人が叫ぶ。

「そう、やばい、ら！　わはははははは。」

何が面白いのか。店中で笑いが起こる。曖昧な顔で笑っている私に、金子さんが、

「あれらろ、今若《わーけ》しょは、んーなやばいら言うんろ？」

そう言った。そんなことないよ、と言ったけれど、その頃には金子さんはもう、自分のお酒に向き直っていて、聞いちゃいなかった。

「ミスジらて、キク！」

「やばいね。」

思わず出た。皆、さっきより大きな声で笑った。

「肉子、今日はもう看板おろせ。おめもミスジ食うんらよ。」

「やったーっ!!」

肉子ちゃんは、前髪を揺らしながら、表へ出て行った。お尻が、信じられないほど大きい。私は、口に広がるミスジの脂を思い出して、よだれを抑えることが出来なかった。

「苗字の見須子とかけまして、肉のミスジとときますっ！」

肉子ちゃんは、つまらないことを叫んでいる。頼むから続きを言わないでくれ、と祈っていたら、

「その心は、おんなじ名前っ！」

と叫んだ。私がもう少し大きかったら、殴っていたかもしれなかった。

サッサンが、自分のグラスと洗面器を持って現れると、皆、おお、と、声をあげた。洗面器の中には、美味しい美味しいミスジが入っていて、めいっぱい光っている。

「おお、ちとばか早《はー》えクリスマスプレゼントらな！」

「本当だ！」

「それは死んだ牛の肉ではなくって、殺した牛の肉です。」

「あぁ？　キク、なんか言ったけ？」

「言ってないよ。」

「キクりん、ご飯どれくらい食べれる？」

「普通。」

「キクりんの普通とうちの普通は違うのやからーっ！」

「じゃあ、肉子ちゃんの少なめ。」

「ほほほ。」

金子さんの大きな握りこぶしほどのご飯が出てきた。最近、食欲は戻ったけれど、こんな大盛りを目の前にすると、胸がいっぱいになる。どんぶりにこんもり盛られた白米は、なんていうか、「幸福」そのもの、という感じがして、そして私の周りには、ミスジを囲んでわくわくしている大人達がいて、なんだか、気恥ずかしいのである。

「焼くぞ。」

サッサンが、どこか厳かな様子で、網にミスジを置いた。ジュウ、と音がして、たちまちお腹がぐうううと鳴った。気恥ずかしい、どころではない。

「わはー、キクりんお腹鳴ったーっ！　ご飯そんなんで足りるん？」

「足りるよ。」

「おう、キクはへー思春期らか。」

「違うよ。」

「食えよ、腹いっぺ食わんばだめら。ダイエットら、ぜってすんなよ。」

「そうやでキクりんっ！　キクりんは痩せすぎやでっ！」

「肉子はダイエットしれ、ちっとは。」

「ほほほ。」

「焼けたろ、最初はキクら。」

サッサンが、焼けたミスジを、大盛りご飯の上に置いてくれた。ご飯の湯気と、ミスジの湯気が混じり合って、それだけで、じゅわっと口の中によだれが溢れだす。

口に入れると、大盛りのご飯を目の前にしているのに、「ご飯、おかわり！」と言いたくなった。こんな量のご飯、一気に食べられる。美味しい、美味しい、美味しい。

「んめか、キク。」

「うん。やばい。」

「わはははははははは！」

今の「やばい」はサービスで言ったのだけど、サッサンが喜んでくれているから、いい。金子さんも、ゼンジさんも、漁業組合のみんなも、ミスジを食べて、ううん、とか、あああ、とか、唸っている。貴重な部位なのに、肉子ちゃんは、ほとんど噛まずに食べてしまった。

「美味しいなあああっ!!」

だから太るんだ。

「それは死んだ牛の肉ではなくって、」

サッサンの奥さんの遺影を見ると、奥さんの口から、透明なよだれが、たらりと垂れた。

ミスジは本当に、やばい。夢のような、金曜日だった。


次の日、お腹の痛みで目が覚めた。

下腹部が、しくしくする。布団の中から「耳のないゴッホ」を見ると、11時5分だ。カーテンの間から差し込む光で思った。今日も、雪は降らないだろう。

隣を見なくても、肉子ちゃんが熟睡していることは分かった。土曜日。サッサンは、奥さんの命日で、昼営業を休みにすると言っていた。お墓参りに行くのだ。

「すごぉおおおおおおおい、すごぉおおおおおおいっ！」

肉子ちゃんのいびきさえ、お腹に響く。どきどきしながら体を起こすと、少しましになった。うんこでも溜まっているのか、でも、そういう痛みとは、違う気もする。

肉子ちゃんを起こしてみようかと思ったけれど、すごおおおい、の前では、憚《はばか》られた。なるべく気にしないでおこうと決めて、私は布団を出た。

筋肉痛なのだろうか。なんとなく、お腹が張っているような痛みだ。昨日何をしたか思い出し、少し、ひやりとした。

まさか、ミスジに当たったなんてことは、ないだろうか。

「違う。」

声に出した。当たると、おそらく下痢になるはずだ。違う、これはミスジに当たったのではない。

サッサンが、私達を格安でここに住まわせてくれているのは、私達がお腹を壊さないからだ。それが唯一の、条件だったのだ。

ミスジに当たったのではない。

お腹の痛みを無視して、顔を洗って、歯を磨く。水を吐き出そうとかがむと、ぎく、と痛んだ。経験したことのない痛みだ。でも、我慢出来ないほどじゃない。大丈夫、大丈夫。

とりあえず、胃腸の薬を、肉子ちゃんが起きてくる前に飲もうと、薬箱を開けた。風邪薬と、絆創膏、体温計しか入っていない。私達って、こんなに健康だったのだ。喜ばしいことだけど、そのときばかりは、絶望した。

「信じられへん。」

いくら健康とはいえ、小学生の私が、急に腹痛を訴えるとか、高熱を出すことを、考えないのだろうか。肉子ちゃんを見ると、肉子ちゃんは、相変わらず、すごおおい、を叫んでいる。なんだか憎くなって、そこらへんにあったタオルを、投げた。タオルは、ぱしん、と音を立てて、肉子ちゃんのお尻のあたりに落ちた。

12時を過ぎた頃、ようやく肉子ちゃんが、起きてきた。

「キクりん、おはよう！！！！」

そのときには、起きたときより、少しだけ痛みが増しているような気がしたけれど、気のせいかもしれない、と思って、というより、そう思うようにして、黙っていた。

「……おはよう。」

「あれ？　キクりん、なんか唇青ない？」

「え？　そう？　寒いからかも……。」

「風邪？」

「ううん、大丈夫……。」

こたつに入って、体を丸くした。こうやって温めていれば、大丈夫だろう。肉子ちゃんは、もぞもぞと布団から這い出し、寒い寒いと言いながら、トイレに向かった。

「あー、またトイレットペーパーないわぁっ！」

肉子ちゃんが、トイレから叫ぶ。いつもなら、私が買いに行こうか、と言うのだけど、今日は無理だ。

「キクりん、お母さん、トイレットペーパーとな、パンとな、あと洗剤買《こ》うてくるっ！」

「洗剤？」

「せや、大掃除せなあかんやろっ！」

「うん。」

「年末なのやからっ！」

「うん。」

大掃除なんて、とても出来るとは思えない。私はこたつで、ますます体を丸くする。痛い。肉子ちゃんが、私の顔を、上から覗き込んできた。

「キクりん大丈夫っ？　ほんまに風邪と違うんっ？」

肉子ちゃんに、お腹が痛いと言いたかった。今まで感じたことのない痛みなのだ、と言いたかった。でも、そう言えば、おおごとになるような気がした。

どうしたん！

お腹痛いん！

今までそんなことなかったのに！

あ！

ミスジが当たったんと違うか！

肉子ちゃんの口から溢れるであろう言葉を思うと、とても、言えなかった。

「大丈夫やで。」

「ほんまっ！」

肉子ちゃんは、私の言うことを、いつも、100パーセント信じるのだ。

「ほな行ってくるからねっ！　お昼ご飯も買うてくる。うどんでええ？」

「うん。」

「行ってきまーすっ！」

肉子ちゃんは、顔も洗わず、元気に飛び出して行った。扉を閉める瞬間、よほど、行かないで、と言おうと思ったけれど、言えなかった。

どうして肉子ちゃんは、人の顔色とか、雰囲気を読むことが出来ないのだろう。誰かが発した言葉を、全力で信じるのだろう。結局、言わずとも分かってほしかった自分の餓鬼っぽさを思って、泣きそうになった。

肉子ちゃんがいない部屋は、やっぱり、寒色の部屋になる。窓から光がこんなに入ってきているのに、寒い。一度寒いと思うと、とても、とても寒いように、思えてきた。ストーブも、こたつも効かない。雪は降っていないのに。

この街の冬は、こんなに寒かったっけ。

12時25分になって、お腹は、本格的に痛くなってきた。痛みは差し込むようで、速い緩急があった。同時に、吐き気までしてきた。

やっぱりミスジに当たったのだろうか。

「違う。」

そう言うのさえ、辛かった。

トイレに行ってみようと思って、勇気を出してこたつを出ると、寒いと感じる前に、ぎゅうんん、と、思い切りお腹をつねられたような痛みが走った。それと、強烈な吐き気。私はくの字になって、しばらく床に頭をついていた。

頭がぐらぐらする。

狭い家、トイレまでの距離なんて、意識したこともなかったのに、今では、こんな遠かったかと、絶望している。信じられない。私は、這うようにして、少しずつ、少しずつ、トイレに近づいた。やっと着いたときには、寒いはずなのに、汗をかいていた。

便器を見た途端、吐いた。灰色っぽい黄色、赤黒い肉も混じっている。ああ。嘔吐が止まらない。怖い。ふと見ると、トイレットペーパーが、また反対向きにつけられている。

どうして肉子ちゃんは学習しないのだ。お腹が痛い。痛い。

肉子ちゃんは、いつ帰ってくるのだろう。誰か、近所の人を呼ぼうか。でも、私がこんな状態だったら、どう思うだろう。

ミスジに当たったのでなくても、私が腹痛を起こし、嘔吐しているのを見たら。

「うをがしの子が、すごい腹痛で、吐いたらしいよ。」

どうしよう。

汗がどんどん出てくる。痛い。痛い。お腹が痛い。吐く、たくさん。なんだこれは。

どうしよう。

こんな小さな街で。

同級生ばかりの、見知った人たちばかりの、こんな小さな街で。

痛みと吐き気の中で、私は何度目か、早く大人になりたいと思った。早く大人になって、この街を、この小さな共同体を抜け出したい。

写真家の顔を、しばらく見ないものだから、もう忘れてしまった。「デュープ」は、この街には売っていないのだ。何もない。なんにも。

「痛い。」

声に出すと、それがすべてになる気がした。実際、その通りになった。今や痛みは、私の体のすべてを覆い、息が、苦しかった。痛いのにお腹が波打ち、もう出るものはないのに、何かが喉をつきあげる。

だめだ、なんとかひとりで治さなくては。どうやって。薬を飲めばいいのか。でも、薬はないのだ。なんだこの家は、なんだ。

今さらながら、ださいものだらけの、この空間を憎んだ。バドワイザー、カエル、達磨、ゴッホ、唐草模様。なんだこの部屋！

「痛いよう。」

涙が出てきた。死んでしまうかもしれない、と思った。ミスジに当たって死んだら、サッサンに迷惑をかける。サッサンは、あんなに優しいのに。私と肉子ちゃんに、あんなによくしてくれたのに。

「痛いよう！」

泣きながら、大声を出したとき、目の前が真っ暗になった。


彼女が育ったのは、小さな街だった。

4つ上のお兄さんと、両親と暮らしていた。とても美しいと評判の娘だったけれど、彼女の両親は日々、喧嘩が絶えなかった。

家の近くには、細い川があった。汚い川だった。でも、よく見れば黒い魚が泳いでいて、魚は、泥を食べて生きているのだと言われていた。彼女は小さな頃から、両親が喧嘩を始めると、外に出て、その魚を見て過ごした。魚の体はぬめって、不気味だったけれど、時々、光の加減で、驚くほど美しく見えることがあった。

お父さんにも、お母さんにも、借金があった。連日の言い争いは、それが原因だった。お母さんは自分を責めるお父さんを責め、お父さんは追い詰められて、お母さんを殴った。そして怒りにまかせて、また、お金を借りた。それでもふたりは、別れようとはしなかった。

お父さんもお母さんも、働いた。でも、借金は減らなかった。お兄さんは高校に行かず、家族のために働いていたけれど、ある夜、何も言わないまま、家を飛び出して、それから連絡を絶った。両親はお兄さんを探すことはしなかった。恨む様子も見せなかったし、悲しむ様子も見せなかった。ただ働いて、借金を返し続けた。

彼女の家族は、彼女が13のとき、引っ越しをしなければならなくなった。引っ越した先には川がなく、もちろん、魚もいなかった。彼女は、がっかりしてしまった。

彼女は中学を卒業すると、高校には行かずに、お兄さんと同じように、働くようになった。彼女は、当時のお兄さんよりも、両親よりも、お金を稼いだ。年齢をごまかして、夜の仕事についたからだ。店のオーナーは、彼女の本当の年齢を知っていたけれど、美しい彼女には、お客さんがよくついたので、知らないフリをしていた。

街の人達は皆、彼女の仕事を知っていた。ほらあそこの娘がとうとう、と噂する女の人もいた。でも、その女の人は、彼女が両親のために働いていることを、知っているはずだった。美しい彼女を、妬《ねた》んでいたのだ。

彼女の働きで借金は減ったけれど、両親が働かなくなった。疲れた、と言っては工場を欠勤するようになったお父さんと、気分転換をしないと腐る、とパチンコに通うお母さんは、それでも、毎日、ひどい言い争いをした。

ある日、彼女も、お兄さんと同じように家を出た。16歳のときだ。最後のお給料の半分を机の上に置いて、もう半分を、かばんに入れた。お父さんはお酒を飲んで眠っていて、お母さんはパチンコに行っていて、留守だった。彼女は静かに、家を出た。そのまま、連絡をしなかった。

家を出た後のことは、恋人としめし合わせていた。

店で出会った男の人だ。

彼は24歳で、彼女のお母さんも通う、パチンコ屋で働いていた。16歳の彼女にとって、恋人は、随分大人に見えた。ふたりは電車に乗り、街から一番近い都会へ行った。2時間半かかった。その間、彼女は頭を、ずっと恋人の肩に乗せていた。とても幸せだった。

恋人は、街で、また、パチンコ屋で働くようになった。社員寮があって、彼女も一緒にそこで暮らすことが出来た。彼女は、恋人のお給料で暮らし、その代わり、家のことはすべてきちんとこなした。恋人を送り出して掃除をして、布団を干して、洗濯をする。眠くなったら少し眠って、夕飯の準備をしながら、テレビを見る。その生活は、彼女にとってのすべてだったけれど、同時に、自分が、美しい時代を、ただおばさんのように過ごしているだけなのではないか、と思うこともあった。

街で見る同世代の女の子は、洋服を買ったり、どこかに遊びに行ったり、彼女から見ても、きらきらと、輝いて見えた。自分は、彼女達より美しいはずだけど、彼女達は、どうしてあんなに素敵なのだろう。彼女は、両親のもとに「半分」置いてきた、自分の最後のお給料を、惜しいと思った。あれは、彼女が働いて、彼女がもらったお金だった。

ある日、その生活は、急に終わった。恋人に、新しい女の人が出来たのだ。

彼女はやっと、19歳になったところだった。

悲しかった。

社会では、あと1年経てば、大人として扱われるという。そのことが、彼女には分からなかった。19歳の最後の夜と、20歳の最初の朝に、何の違いがあるのだろう。「大人」

は、この寂しさを、どうやってやり過ごすのだろう。

彼女はひとりで生きてゆくために、また、夜の仕事についた。

お店の寮に入り、「みう」という名前をもらった。彼女はその名前を気に入った。それから彼女は、お店以外でも、みうと名乗るようになった。

みうは若く、とても美しかったので、すぐに、たくさんのお客さんがついた。10代の頃から、話をするのは上手じゃなかったし、お客さんが持った煙草に、火をつけるのを忘れてしまうことも、度々あったけれど、みうを指名するお客さんは、たくさんいた。2カ月目には、お店のナンバーツーになって、半年で、ナンバーワンになった。20歳の誕生日には、店に収まりきれないほどの花が届いた。そして、入れ替わり立ち替わり、みうを祝いに、お客さんがやってきた。

皆が自分を可愛い、美しいと褒め、お金や贈り物をくれた。しかも、それは、すべて、自分のものになるのだった。みうは、有頂天になった。お金のある暮らしをしたことなど、なかったのだ。

みうは初めて、自分のためにお金を使った。高価な服、いい匂いのする化粧品、きらきらした靴を買った。首には本物のダイヤをつけて、腕時計は数百万円のものを、日替わりで巻いた。そんな生活が、2年も続くと、自分の体のどこかが、ふるふると麻痺《まひ》して、そしてその麻痺は、決して引かなくなった。

ある日、店の女の子に連れて行かれたホストクラブで、ひとりのホストに出逢った。21歳だった。

初めて出来た恋人に、少し似ている、と思った。でも彼は、恋人より素敵で、優しかった。みうは、彼に夢中になった。彼のお店に通い、彼のためにボトルを空け、誕生日には、シャンパンのタワーを作った。彼は、お店以外では決して会ってくれなかったけれど、毎日のようにメールが届いて、それがみうにとっての、すべてになった。

あれだけあったお金は、あっという間になくなった。お店に借金をするようになり、毎日、昼まで遊んでいたから、無断欠勤が増えた。

お店からクビを言い渡されたとき、みうはとっくに、風俗で働くことを決めていた。先にやめていた女の子に、そちらの方がお給料がうんと良い、と聞いていたのだ。みうはまだ若く、美しかった。

時々寄るコンビニで働いている、化粧気もなくて、ださい女の子を見ると、生きていて、何が楽しいの、と、聞きたくなることがあった。女の子は、誰かに可愛いとか、綺麗だとか言われるべきだ、と思った。そのことに、ほとんど命をかけていた。

ホストの男の人は、みうのことを、たくさん褒めてくれた。綺麗だ。可愛い。そして、一番高いシャンパンを頼むと、耳に、そっとキスをしてくれた。そのキスは、みうを、世界のてっぺんに連れて行くのだった。

風俗の仕事は、みうにとっては、楽ちんだった。長い時間、だらだらと話をしなくてもいいし、他の女の子に、灰皿を綺麗にするのが遅い、などと、怒られずに済むからだ。

「個人業が、うちには合ってるんよ。」

彼に言うと、彼は、みうを独り占め出来ていいな、と言った。みうは、彼に、ふたりで会いたい、と、たくさん言ったけれど、彼は、客とは個人的に会われへんねん、分かるやろ、と、悲しそうに言うのだ。

「俺毎日みうに会いたいから、頑張って店にもっと来てくれる?」

みうは、そう言って肩を抱いてくれる彼を、世界で一番好きだ、と思った。

ある日、みうが働いているお店に、女の人が入店してきた。どんな女の人が働いているのか、会うとしても、控室で少し顔を合わすか、自分の個室の壁越しに声を聞くくらいだったので、興味がなかった。でも、その女の人は、みうの目を惹いた。

女の人は太っていて、とても醜かったのだ。

他の女の子も、その女の人のことを、笑っていた。女の子の中には、歯がなかったり、鶏ガラのように細かったり、年齢をごまかしている子達もいたけれど、その女の子達が噂するほど、太った女の人は、目立った。

でも、女の人は人懐っこくて、朗らかだった。控室では、皆、素早く服に着替えて、自分の個室に行くだけで、話をすることなどないのに、女の人は、よく喋った。馬鹿にしていた女の子たちが、いつの間にか、女の人相手に笑い転げていることがあって、みうは、その光景を、不思議に思った。そんなことは、今までなかったのだ。

挙句、その女の人には、いつの間にか、お客さんが、何人もついていた。

「すごい太くて、不細工なんやけど、よう客がついてるねん。」

みうが不思議がってそう言うと、ホストの彼は、

「デブ専、ブス専いうのがおるからな。」

と笑った。みうも、笑ったけれど、あの女の人の人気があるのは、それだけが理由ではないような気がしていた。

ある夜、雨が降った。みうは退屈していた。退屈なのはいいのだけれど、お給料が少ないと、高いシャンパンやフルーツを頼めないから、嫌だった。最近の彼は、みうが少しでも安いお酒を頼むと、

「俺のことが好きと違うんか。」

そう、怒るようになった。そして、他の女の人の席に行ってしまったきり、こちらには

決して来てくれなくなるのだ。みうは、それが嫌だった。

「お前、俺の女やったら、俺のこと応援するんが当然と違うんか。他の女の方が売り上げ応援してくれてるて、どういう状況や思てんねん。」

そう言うときの彼の目は、ぎらぎらと光って、とても怖かった。

みうは、携帯を取り出し、馴染《なじ》みのお客さんに、メールをしようとした。前のお店のお客さんが、みうがここで働いていると知ってから、よく通ってくれるようになったのだ。お店のナンバーワンだったみうを、お金で買うことが出来ることに、お客さんたちは満足しているようだった。そして、昔は絶対に見せなかった、意地悪な目で、みうを見ていることがあった。みうはそれが嫌だったし、中には、みうに説教をしてくる男の人もいたけれど、いうて、することはするんやないの、と、心の中で舌を出した。

「なあなあ、ちょっと話せーへん？」

そのとき、入口のパーティションから、女の人がふいに、顔を出した。驚いて、携帯電話を落としてしまった。

「ちょっと！　急に開けんといてよ！」

みうは怒った。でも、

「ごめんごめんごめんごめん！」

八の字眉毛にして、手を合わす女の人を見ていると、不思議と気持ちは収まった。何より、太った彼女の顔が、なんとなく、みうを安心させた。

前のお店でも、今のお店でも、どこでも、女の人が自分を見るとき、みうは、品定めをされているような気持ちになった。自分は美しく、他の女の子と比べものにならなかったけれど、時々、彼女達の目に、耐えられなくなることがあった。

「なんか、雨降ってるし、暇やなぁと思って！」

だけど、目の前にいるこの女の人、太った、醜い女の人は、みうを、そんな目で見なかった。

「ちょっと、話そうや！　ええ？」

女の人の明るさが、結局、みぅの心を開いた。女は、だりあ、と名乗った。

「ダリアっていう大きい花あるやろ？　大きいしか共通点ないんやけどな！」

だりあは、大きな体を揺すって、笑った。何が面白いんだ、と思いながらも、笑い続けているだりあを見ていると、自然、みうも笑ってしまうのだった。

ふたりはその日から、少しずつ、話をするようになった。

だりあは、10代で家を出て、それから家族と連絡をとっていないと言っていた。そして、恋人の借金を返すために、今の仕事をしているのだ、と言った。しかも、その恋人は、もう、自分の元を去ったのだと言う。

「それって、騙されてるんと違うん。」

みうが言うと、

「そうやでー！」

と、だりあは笑った。みうは、だりあがどうして、そのような状況で笑えるのか、分からなかった。自分は、10代のある時期、両親の借金を返すためだけに、生きていた。美しかった自分の若い時代を、取り上げられた。彼女はそれを、今でも恨んでいた。

でも今、目の間にいるこの女の人は、血も繋がっていない男の人、自分を捨てた男の人の借金を返しているのだ、と言って、笑っているのだ。

「あんた、阿呆なん。」

みうが言うと、

「そうかもー！」

と、だりあは笑った。

「でも、まあ、命はあるんやし！」

だりあは、みうの2つ上だった。

だりあと話すようになって、みうは、お客さんがいないときに、無理にメールをして誰かを呼ぶことを、しなくなった。それでも、高いシャンパンを頼まないと、彼が怒るので、みうは借金をした。こんな借金、お客さんを数人増やせば、すぐに挽回《ばんかい》できると、思っていた。そして実際、そろそろお客さんを呼ぼうか、と思うときになると、決まってだりあが顔を出し、みうはだりあを、追い返さなかった。時間がある限り、話した。女の人と、これだけ話をするのは、初めての経験だった。

「だりあちゃんの家族は、まだ実家におるん。」

「うーん、分からんっ。でも、ひい祖父さんからの家やから、家だけはまだあると思うんやけどなぁ！」

「なんや、ええとこの子ぉなんや。」

「違うよー、家があるだけ！　みっちゃんの実家は？」

だりあは、みうのことを、みっちゃんと呼んだ。その呼び方は、ださくて嫌だった。でも、みうが嫌だと言ったことに、分かったー、と返事をした次の瞬間に、だりあは、もう、みっちゃん、と呼んでくるのだった。みうは、だりあは少し頭が足りないのだ、と思った。

「うちなんて、実家て言われへんわ。ちっさくて汚くて。親はまだ自分らの借金さえて、返して、て、そういう生活してるんと違う。もしかしたら、首まわらんくなって、死んでるかもしれへんけど。」

「死んでるの？」

「しらん、そうかもしらん、ていうだけ。」

「……大丈夫なん、みっちゃん？」

「やめてよ、何泣いてるん。阿呆ちゃうん。」

みるみる涙をためるだりあを見て、みうは、数年前から引かなかった、ふるふるとした体の麻痺が、収まっていることに気づいた。それを辛いと思ったことは一度もなかったけれど、人の目を見て、普通に、話をすることが、これほど心休まることだったのだと、驚いた。

「両親は、何してるん。」

「うちは、おとんがはように死んで、おかんがずっと働いとったんやけど、彼氏出来て、どっか行きはってんなぁ！」

「最低やん。その人死んでも、泣く？」

「その人って、おかん？」

「うん。」

「泣くよー！」

「なんでよ。だりあちゃん、捨てられたんやろ。」

「でも、人が死ぬのは、悲しいやん！」

「だりあちゃんって、ほんまに阿呆よな。」

「うちも、そう思う！」

だりあは笑い、みうも、笑った。あんまり大声だから、他の個室にいた女の子が、静かにしてよ、と、声をあげた。

だりあは、みうを妹のように可愛がった。そしていつの間にか、みうも、だりあをお姉さんのように思うようになった。

「みっちゃんて、ほんまに可愛いなぁ！　羨ましいわ！」

男の人に褒められるより、だりあにそう言われる方が、みうは嬉しいと思うようになった。だりあの言う「可愛い」には、「可愛い」だけの意味しかなかった。ただそう思っているから、だりあは声に出すのだ。

男は、みうに「可愛い」と言うとき、決まって、何かしらのお返しを求めてきた。それが、手を握ることであったり、笑顔を無理強いすることであっても、みうはそれが、嬉しいと思ってきた。でも今、だりあの大きな「可愛い！」を聞くと、みうは、自分がとても甘やかされた、可愛い、可愛い、赤ちゃんになったように思えるのだった。

みうの借金は、どんどん増えていった。

お金を借りることに、麻痺してしまっていた両親の気持ちが、みうは分かるような気がした。消費者金融のカードは、銀行のATMでも使えた。お金がなくなったら、自分のお金を下ろすようなつもりで、簡単に借りられた。そして、カードの限度になると、また次のカードを作った。

そしてとうとう、使えるお金が一銭もなくなってしまった。借金は、500万を超していた。そのことを言うと、恋人は、途端に、みうに冷たくなった。メールをしても、返事が返ってこなくなり、店に行きたくても、行くお金がないのだった。仕方なく、昼まで、彼が店を出てくるのを待った。店から出てきた彼は、みうの姿を見ると、

「ふざけんな、警察呼ぶぞ!」

と叫んだ。彼にそう言われたことより、彼と一緒にいた女の子が、みうを見て笑ったことが、辛かった。女の子は着飾り、高価なバッグを持っていて、とても美しかった。10代に見えた。そのときみうは、23歳になったばかりだったけれど、自分は年を取ってしまったのだと思った。惨めだった。

みうに残されたのは、借金だけになった。青白い顔で出勤するみうを、だりあは気遣ったけれど、みうは、何も言わなかった。だりあも、行方知れずの男の人の借金を返してい

るのだ。以前、いくらか聞いたら、

「目玉が飛び出るくらいやで！」

と言った。みうは思った。私の借金は、自分が作った借金じゃないか。返せないわけがない。

みうは、前より仕事に精を出した。メールをして、お客さんを呼び、一日も休まなかった。あんまり仕事に根《こん》を詰めるみうを、だりあは心配した。何かあったのか、と聞いてきたけれど、みうは言わなかった。

だりあとみうは、一緒に暮らすようになった。お互い、お金には困っていたし、ひとりでいるより、ふたりの夜は朗らかだった。仕事は大変だったけれど、みうはよく笑い、だりあの隣で、安らかに眠った。目が覚めたとき、だりあの大きないびきを聞くと、彼女は背中を撫でられているような、不思議に温かい、静けさにくるまれた。

でも、生活を切り詰めて、仕事を増やしても、みうの借金は、なかなか減らなかった。

だりあは、こんな生活を、もう5年も続けていると言っていた。

「なんでも、いつかは終わるのやから！」

だりあはそう言って、みうの肩を叩いたけれど、みうには、そこまでがんばれる自信がない、と思い始めていた。年を取った自分が、惨めだった。

ある日来た、初めてのお客さんに、生でやらせてくれたら、もう2万円出す、と言われた。それはもちろん、お店で禁じられていたことで、だからこそ、その2万円は、まるまるみうのものになることになっていた。

みうはいいよ、と言った。お店で、そういうことをやっている女の子は他にもいたし、数分で手に入る2万円は、有難かった。みうはその男の人だけでなく、他の男の人にも、その取引を、もちかけた。みうの噂はたちまち広まって、毎日、みうを指名するお客さんが、お店に来た。だりあは、みうがしていることを、分かっていないようだった。でも、時々、疲れた顔を見せるみうを気遣って、

「あんまり、根詰めんときや!」

と言った。だりあは、着々と、借金を返しているようだった。

ある日、ひとりの男の人が失敗した。あ、と声を出したときには、もう遅かった。男の人はみうに何度も謝ったけれど、みうが詰め寄ると、店にこのことをばらすぞ、と言った。借金はかなり減っていたけれど、みうは、赤ちゃんが出来るかもしれない、と、おびえながら、日々を過ごした。そして、もしそうならと、投げやりな気持ちで、余分なお金を払ったら、中に出してもいいよと、お客さんに言うようになった。お客さんは、2万円も、多いときは5万円も、置いていくことがあった。

みうに、赤ちゃんは出来なかった。

自分の体は、そういう風に出来ているのだ、と思い、安心したけれど、同時に、寂しくなった。赤ちゃんを欲しいと思ったことなどないけれど、いつかなんとなく、自分はお母さんになるのだと思っていた。可愛い赤ちゃんを産み、育てて、隣には、素敵な旦那様がいるものだと、思っていた。

でも、そんなこと、と、みうは思った。

今の自分に、そんな普通の生活は、無理なのだ。鏡で見るみうの顔は、相変わらず美しかったけれど、みうは、昔のように、それを喜べなくなった。だりあ以外の人に会うのが、嫌だった。

「お姉ちゃん、あたし、妊娠せぇへん体みたい。」

みうは、その頃には、だりあのことを、お姉ちゃんと呼んでいた。本当のお姉さんのように思ったし、だりあもそうだった。

だりあは、みうをじっと見た。みうがやっていることを、だりあはそのとき、知ったようだった。みうはひるんだけれど、その目には、意地悪な気配が、全くなかった。

この目だ、と、みうは思った。お姉ちゃんのこの目が、私を落ち着かせるのだ。

「みっちゃんは、赤ちゃん欲しいいん？」

「うーん、欲しいとか思ったことないけど、出来ひんって分かると、なんか、やっぱり、寂しいわ。」

寂しい、と言った途端、みうの目から、涙が零れた。自分でも驚いた。

自分はこれほど、赤ちゃんが欲しかったのか。

「みっちゃん！」

だりあは、みうの背中を撫でた。今にも、もらい泣きをしてしまいそうな顔をしていた。眉毛を八の字にし、口をへの字、鼻が真っ赤で、酔っぱらいみたいだ。みうは、噴き出してしまった。

「お姉ちゃん、変な顔せんといて。」

「みっちゃん！　なんやよかった、笑った、笑った！」

だりあの左の鼻からは、鼻水が垂れていた。

「大丈夫、みっちゃん！　みっちゃんに子供出来ひんくてもな、うちがいつか赤ちゃん産んで、みっちゃんにあげるからな！」

みうは、また笑った。

「何言うてんのん、お姉ちゃん。」

「ほんまやで！」

みうは、お姉ちゃんは、やはり頭が少し足りないのだ、と思った。

でも、みうは、だりあのことが、本当に好きだった。ここまで優しく、まっすぐに、自分の心に入ってくる人を、みうは知らなかった。頭の悪い人間がすることであっても、それでもだりあは、みうを、心から穏やかにしてくれるのだ。自分は間違っていないと思わせてくれる、大切な、お姉さんなのだった。

「分かった、ほんなら、いつか赤ちゃん欲しくなったら、お姉ちゃんに産んでもらうわ。」

「うん！　まかせてっ！」

「相手の男、ちゃんと選んでや。」

「あ、そっか！　相手いるよな！」

「お姉ちゃんて、ほんまに阿呆やな。」

みうは、ずっとふたりで暮らせればいい、と思った。

ふたり、もしかしたら赤ちゃんと3人、何にも煩わされず、穏やかに暮らすのだ。赤ちゃんを授かれない自分の体であれば、今の仕事をずっと続けることが出来る。いつか自分の借金を返し終わったら、お姉ちゃんの分のを返してあげよう。そして、立派な家に引っ越すのだ。もうこの仕事をやめて、コンビニでもいい、みすぼらしくてもいいから、何か仕事を見つけよう。

決意した日から、みうは強くなった。お客さんに何を言われても平気だったし、どんなことも、お金のためならと、進んで引き受けた。そしてとうとう、借金を返し終わった。

いつも見なれた景色が、きらきらと、輝いて見えた。

これから新しい人生が始まるのだ、と思った。だりあの借金はまだ残っていたけれど、みうの返済を、心から喜んでくれた。その日は店を休んで、家で鍋を食べた。寒い夜だった。そういえば、世間はもうすぐクリスマスだと言うと、だりあは、

「仏教徒やから関係あらへんわ!」

と、笑った。そう言うだりあの穿いている靴下は、赤と緑のクリスマスカラーで、みうはそれを指差して、笑った。笑っていると、お腹が痛くなってきて、急に、気分も悪くなった。みうはトイレに行き、パンツをおろして、そういえば、と思い出した。

生理が、来ていなかった。

みうは、ほとんど確信していた。借金を返した日。自分が、自由になった日。今日を除いて、自分が「そうなる」日が、あるだろうか。

「お姉ちゃん。」

トイレの中で、みうはだりあを呼んだ。検査薬を使ってもいなかったし、もちろん、医者にも行っていなかった。でも、みうは、確信していた。

「妊娠した。」

扉を、ばん、と開けて、だりあが、

「嘘っ!!」

と言った。もう、泣いていた。みうはそれを見て、やっぱり、笑ってしまった。

みうは、仕事をやめた。

だりあの借金も、あと少しを残していたけれど、だりあがみうを、養うことになった。生活は苦しかった。でも、みうが、上手にやりくりした。

みうは、この街に出てきた頃の、恋人との生活を、思い出していた。朝起きて、掃除をして、ご飯を作り、少し昼寝をして、またご飯を作る。恋人は帰ってこなかったけれど、自分のお姉さんが夜中に帰ってきた。そして、みうのお腹に手を当てて、赤ちゃんに話しかけた。お姉さんは太っていて、綺麗ではなかったけれど、優しかった。とても、優しかった。

医者には行かなかった。父親が誰か分からなかったというのもあるし、医者はお金をとるものだろう、とふたりとも思っていた。何より、ふたりで力を合わせれば、なんとかなる、と思った。ふたりには、不思議な自信があった。

だりあは、早く産まれてこい、早く産まれてこい、と、毎日歌を歌った。おかしな歌だったけれど、みうは、その歌を聞いているのが、好きだった。

春になって、つわりがひどくなった。白米の炊ける匂いと、魚の焼ける匂いが、一番気持ちが悪かった。とてもお腹が空いて、パンを食べると、美味しい、と思った次の瞬間には、すべて吐いた。お腹はどんどん大きくなっていたけれど、みうの頬はこけて、元々大きかった目が、零れ落ちそうなほどに見えた。

「みっちゃん！　借金返したで！！！」

夏の気配がする頃、だりあは、やっと借金を返し終わった。だりあもみうも喜んで、その夜はお祝いをした。不思議なことに、だりあが借金を返し終わったその日から、ぴたりと、つわりが収まった。みうは、自分のお腹の中の赤ちゃんは、祝福されているのだ、と思った。

次の日、だりあは仕事をやめてきた。借金を返すかたわら、ある程度たくわえていたから、出産まで、みうにつきっきりで面倒を見る、と言った。みうは嬉しかった。これ以上心強いことはない、と思ったし、実際だりあに、そう伝えた。

「みっちゃんには、元気な赤ちゃん産んでもらわなーっ！」

つわりが終わると、みうは食べた。今までの分を取り戻すように、肉や魚、米、パン、甘いもの、手当たり次第、食べるようになった。細かった頬には肉がついて、ある日、鏡を見たみうは、自分のあまりの変わりように、驚いた。

「嫌やわ、うち、お姉ちゃんみたいになった。」

「何言うてんのん！　みっちゃんは元々細いんやから！　赤ちゃんおったら、太らなあかんねんで！」

体重計を買ってきて測ると、18キロも、増えていた。

みうとだりあは、時々、近所をぶらぶらと散歩した。今まで、マンションのまわりなんて、きちんと歩いたこともなかったけれど、裏手を少し行くと、細い川が流れているのを見つけた。

「川や！」

みうは、声をあげた。

「あたしんちの近くにも、川があってん。めっちゃ汚い川やったけどな。魚が泳いでてん。」

「魚が泳いでるんやったら、綺麗な川なんと違うん？」

「ちゃうちゃう、泥だらけでな。魚は、その泥を食べて生きてるって、みんな言うとった。」

「へえ！　たくましい魚やねんなぁ。」

みうは、お母さんを殴るお父さんの姿を、働いて家に帰ると、こたつで寝ていたお母さんの姿を、思い出した。そこにはいなかったはずなのに、魚を見ているみうの隣に、だりあが立っていたような気がした。思い出の中から、ふたりはすでにお姉さんと妹であったような、そんな気がしたのだ。

「あたし、赤ちゃん出来たら、めっちゃ幸せにしたんねん。」

みうは、はっきりと言った。魚はいなかったけれど、川は、光を反射して、眩しかった。

「せやな！　ようさん、喜ばしたろなっ！」

だりあの大声に、近所の家の窓から、お爺さんが顔を出した。

夏が終わる頃から、お腹の赤ちゃんが、動くようになった。初めて「それ」を感じたとき、みうは、大声を出した。

「動いた！」

だりあはそのとき、干していた洗濯物を放り出して、みうに駆け寄った。

「どれっ、どこ！」

だりあが耳を当てると、その耳を、ぐう、と、力強く押し返してきた。だりあは、

「ぎゃーっ！」

と、声をあげた。隣に住んでいる男の人が、壁をどん、と殴ってきたけれど、

「赤ちゃんが動いたんやっ！」

だりあが、隣に向かってそう叫ぶと、しんと静かになった。

「すごいすごいすごい、みっちゃん！　赤ちゃんが動いた！！！」

「お姉ちゃん、この子、元気やわ、めっちゃ元気。」

「ほんまやな、みっちゃん、みっちゃん、偉いなぁ！」

「何言うてんのん、うち何もしてへんやん。」

「ううん、偉いよみっちゃん！」

そう言うだりあの目に、みるみる涙が溜まっていった。みうはそれを見て笑い、

「泣くのん早くない？」

と言った。

お腹の赤ちゃんは、何度も何度も、お腹を蹴った。早く出してくれ、と、訴えているようだった。予定日がいつかは分からなかったけれど、もうすぐだろう、とみうは思った。自分は、母親になるのだ。

産気づいたのは、明け方だった。痛みに目を覚まし、あ、と思った頃には、もう、破水していた。水浸しになった布団を見て、みうは、大声を出した。だりあはその声で、飛び起きた。

「お姉ちゃん。」

みうが、目を見開いてそう言うと、だりあは、大きく息を吸い込んで、さあ！　と言った。出産のときにどうすればいいのか、何も分からなかった。でも、だりあは、手慣れた助産師さんのように、お湯を沸かし、彼女のお腹を撫で、彼女と一緒に、呼吸した。

「なんかテレビで見てん！　ひぃひぃ、ふーっ、てやるねん！」

みうは、だりあに言われた通り、ひぃ、ひぃ、ふー、と、呼吸をした。だりあも一緒になって吸って、吐いて、とやっていたけれど、みうの声よりも、うんと大きかった。

「お姉ちゃん、痛い！　痛い！」

みうは、大声で叫んだ。こんな痛みは、経験したことがなかった。お腹を強く引っ張られるような痛み、そして、お尻の穴を、誰かに強くしぼられているような痛みだった。

「みっちゃん、がんばれ！！！」

「痛い！」

「みっちゃん！」

「痛いようっ！」

いつも壁を叩いてくる隣の男の人は、不思議と、しんと静かだった。安っぽく、音が筒抜けのマンションだったけれど、誰も、苦情を言ってはこなかった。痛みのさなか、みうは、やっぱり、この子は祝福されているのだ、と思った。

「みっちゃん、いきんで、いきんで！」

「うううううううう！」

何度か力んだとき、だりあが、頭が出た、と叫んだ。だりあは、もう泣いていた。こっちおいで、早く、ほら、こっちおいで、と、みうの足の間に向かって、何度も、何度も叫んだ。

「いたぁあああああああい！」

「こっちおいで！　こっちおいで！」

みうは、自分の足、大きく広げたその足に、くっきりと浮き出た血管の青を見た。それだけが、やけにくっきりと、見えるのだった。

今まで生きてきて体験した痛みが、一斉に、押し寄せているような気がした。死んでしまうかもしれない、と思った。

赤ん坊は、鼻まで出ていたけれど、そこから先が、出なかった。だりあは、鼻水にまみれ、泣きながら、がんばれ、がんばれと、叫んでいたけれど、その叫び声も、みうの声にかき消された。

「ああああああああ。」

死んでしまう。

目をつむると、ばちばちと爆《は》ぜる、炎のようなものが見え、目を開けると、その残像が映った。みうの太ももの血管は切れ、内出血を始めていた。何かを強く握っていたけれど、それが何なのかは、分からなかった。

だりあが、何か叫んだ。もう、その大声すら聞こえなかった。急に、下半身を、誰かに強い力で引っ張られたように思った。ずるずるずる、と、内臓を引きずり出されたような気がした。

生まれたのだ。

赤ん坊は、ガラスの向こうで叫んでいるような、くぐもった声で泣いた。産んだ瞬間、みうはもう、さっきまでの痛みを忘れてしまった。そして、この子は、声がおかしいのじゃないか、と、心配になった。

「赤ちゃん。」

「みっちゃぁ、○△×・・・っ！」

だりあは、何を言っているのか分からなかった。おいおい泣きながら、とりあげた赤ん坊を、みうに渡した。

「赤ちゃん。」

赤ん坊は血だらけで、体は白と青の、まだら模様になっていた。顔だけが赤、真っ赤で、そのときやっと、みうは、自分の耳がおかしくなっていたことに気づいた。唾を飲み込むと、ぽん、と、空気が抜けるような音がして、みうの耳に、赤ん坊の、本当の声が聞こえた。

あああああああ、あああああああああああ！！

今まで聞いたどんな声よりも大きく、強かった。こんなに、と思った。みうは、赤ん坊の力に圧倒されていた。こんなに。こんなに。

「みっちゃん、偉かった！　みっちゃん、ようがんばった！」

だりあは、何度も同じことを言って、泣いた。

「お姉ちゃん。あたしの赤ちゃん。」

「うん、みっちゃん、ようがんばった！　よう、よう、がんばった！」

みうの手に抱かれた赤ん坊は、小さく、壊れそうだったけれど、胸を圧迫されるほど、息が出来ないほど、生きている匂いがした。ああ、こんなに。

「お姉ちゃん。」

「みっちゃん！」

「この子、女の子やわ。」

「女の子ぉおおおおおっ！」

だりあの泣き声に、やっと隣の男の人が、壁を叩いた。どん、というその音を、いつもは疎ましく思っていたのに、みうは、やっと自分が、自分達が、世界とつながったような気がした。嬉しかった。

「女の子やわ。」

「かわいいぃいいいいいいっ！」

女の子の赤ん坊は、臍《へそ》の緒をつけたまま、大声で泣き続けた。足の間は、もう、きちんと、割れていて、みうは、あたし、この穴から、産んだんやわ、と、改めて自分がしたことに、驚いた。


目を開けると、真っ白い天井が見えた。

うちの天井は、古い木目が走っていて、それが時々、誰かの顔に見える。

何も見えない真っ白い壁は、奇妙だった。咄嗟に、ことぶきセンターに来たんだ、と思ったけれど、思ったそばから、すぐに病院にいるのだということは、分かった。つんと、消毒液の臭いがしたからだ。

「キク。目ぇ覚めたか。」

ベッドの足もとに、サッサンの顔が見えた。私は、6人部屋の、窓際のベッドに寝かされていた。周りを見渡しても、部屋には、私とサッサン以外、誰もいなかった。病院に誰もいないことなんてあるんだ、と、私は、変なことを思った。

「他の人は?」

「おめともうひとりしかいねんだ。でもそのしょも、年明けまでは一時退院なんらと。」

今日がクリスマスだということを、思い出した。私って、なんてときに倒れるんだ、と、おのれのタイミングの悪さを、呪いたくなった。しかも、サッサンの奥さんの、命日だ。サッサンは、ちゃんとお墓参りが出来たのだろうか。聞きたかったけれど、怖くて聞けなかった。

「大丈夫らか。気持ちわーりとか、ねか?」

「うん。大丈夫。」

少し動くと、お腹がきゅう、と張った。変な感じがしたけれど、さっきみたいな痛みは、なかった。

「おめ、盲腸らったんらて。」

サッサンがそう言って、ベッドを離れた。怒っているのかと思ったら、枕元まで椅子を持ってきた。サッサンは、エンジ色のジャージを着ている。休みの日に、いつも着ているジャージだ。店を休みにしたんだ、と思って、胸が痛んだ。

「我慢したんねっか。もうちっとで、腹膜炎起こすとこらったそうらねっか。」

ふくまくえんが、どういうものか分からなかったけれど、おおごとになってしまったことだけは、分かった。サッサンに、申し訳なくて、顔を見ることが出来なかった。

「手術したの?」

「そうら。だすけ、腹が張ってんらこて。あんまり動いたらだめらて。」

「……肉子ちゃんは。」

「今、ナースセンターで入院のこと色々聞いてるわ。」

「私、入院するの。」

「当たり前ら、いっても、1週間ほどらいね。」

「1週間も。」

「馬鹿こけ。まだ短けほうらて。3日間は絶食らすけな。あと、ずっと点滴ら。」

「そうなんだ。」

自分が、情けなくなった。どうして年末の、こんな時期に、盲腸になんてなるんだ。サッサンのお墓参りを台無しにして、「うをがし」を休みにして、お金のない肉子ちゃんに、1週間分もの入院費用を、出させるなんて。

「ごめんなさい。」

サッサンは、何も言わなかった。煙草をポケットから出して、でも、思いとどまって、やめた。

「なして謝るんら。」

「ごめんなさい。」

涙が出てきた。恥ずかしかったし、サッサンを困らせたくなかったのに、涙が出てきた。

「キク。」

「ごめんなさい、泣きやむから。」

「おいキク。」

サッサンは、怒っているみたいな、声を出した。

「おめ、なして我慢したんだ。」

膝に置かれたサッサンの手の甲には、太い血管が走っていた。それが、時々、ぴく、ぴく、と動いた。

「だーいぶ前から病《や》めてたはずらて、先生言ってなしたぞ。」

「……お休みの日なのに、ごめんなさい。」

「キク、俺は、そんげんがん聞いてんじゃ、ねんだ。」

サッサンは、本格的に怒っているみたいだった。

「キク、こっち見れ。」

私は、血管から目を逸らして、恐る恐る、顔をあげた。目の前にあるサッサンの顔は、白い髭に覆われていて、頭も真っ白で、そして、深い皺があった。いつものサッサンの顔なのに、知らない人みたいに見えた。

「なーして、我慢したんだ。」

「…………。」

「おめさん、まさか、俺に遠慮したんじゃねぇろな。」

「…………。」

「おいキク、俺が、腹壊すんでねぇぞ言うたから、それで、我慢してたんらねぇろな。」

「……。」

サッサンから、もう一度目を逸らした。手の甲の血管は、まだそこにあって、やっぱりぴくぴくと動いていた。青くて、太くて、それだけで、別の生き物みたいだと思った。

「キク。そうなんらな。」

「……ごめんなさい。」

サッサンは、ぐ、と、体を前に乗り出した。

「なんでだ。」

「……。」

「なじょして遠慮すんだ、キク。」

私は、ものすごく怒られている子供のように、体を小さくした。でも、少しでも動くと、お腹が、ぴぃ、と張って、その度に、私は声をあげるのを我慢した。

「おめは、いっつもそうらろ、キク。いっつも、何かに遠慮してんらねか。俺にだけじゃねて、大人にも、子供にも、んーなに遠慮してんだいね。」

「……。」

「なしてだ。何か言てみれ。」

手をぎゅ、と握った。私の手の甲にも血管が浮いたけれど、サッサンの血管のように、太くも、青くもなかった。

「……だって、」

「だって何らて。」

「私、望まれて生まれたんじゃないから。」

言って、猛烈に恥ずかしくなった。なったけれど、思うことは、止められなかった。

私は、望まれて生まれたんじゃない。私がいなければ、肉子ちゃんは、もっと幸せになったんだ。私が、肉子ちゃんの足を引っ張っちゃ、いけないんだ。

「おめ、もぞこくでね。」

「……拗《す》ねてるわけじゃないよ。でも、本当だから。私は、肉子ちゃんの足を、引っ張っちゃだめなんだよ。」

「はたくぞ。」

「いいよ。」

サッサンは、でも、ちっとも動かなかった。ただ、ふう、ふうう、と、鼻息荒く、必死で、殴るのを我慢しているのが、分かった。私は、殴ってほしかった。そうしてくれた方が、私は、うんと楽になるのに、と思った。

楽に。

私は、いつもそうだった。自分が楽になる方ばかりを選んだ。攻撃するより、攻撃されることを選んだ。でも、それを叶えるために、自分から先に攻撃することは、決してしなかった。先回りして、予防線を張って、何も起こらないように、逃げた。

私は今、サッサンに、殴ってほしかった。そうだお前は、望まれない子だと言われた方が、楽だった。でも結局、私はそれさえも言われないように、先回りして、逃げていたのだ。出来るだけいい子にして、迷惑をかけないようにして、そして、「望まれて生まれてきたんじゃない」と、言われないように、生きてきたのだ。

「キク。」

サッサンの声は、血管のように太くて、病室に、びんと、響いた。

「おめさんは、生きてんらろ。」

急に、鼠を海に投げているサッサンの姿が浮かんだ。

「分かっか。おめさんは、生きてんら。」

強い奴は泳いで戻ってくる、そう言ったサッサン。遺影の中で笑っている、サッサンの奥さん。

「生きてる限りはな、迷惑かけるんがん、びびってちゃだめら。」

私の腕に、点滴のチューブが繋がれている。私は今、これで生きているのだと思うと、変な気分だった。サッサンの言う「生きている」と、自分が今「生きている」ことが同じだと思うと、不思議な、気の遠くなるような思いがした。

「生きてる限り、恥かくんら、怖がっちゃなんねえ。子供らしくせぇ、とは言わね。子供らしさなんて、大人がこしらえた幻想らすけな。みんな、それぞれでいればいいんらて。ただな、それと同じように、ちゃんとした大人なんてものも、いねんら。だすけ、おめさんが、いっくら頑張っていい大人になろうとしても、辛《つれ》え思いや恥《しょー》しい思いは、絶対《ぜってぇ》に、絶対に、することになる。それは避けらんねぇて。だすけの。そのときのために、備えておくんだ。子供のうちに、いーっぺ恥かいて、迷惑かけて、怒られたり、いちいち傷ついたりして、そんでまた、生きてくんらて。」

　私の涙が、点滴みたいに、ぽた、ぽた、と落ちた。サッサンの白い髭。深い皺。

「迷惑かけたって、大丈夫ら。俺は、おめに遠慮なんてしねぇ。他人じゃねんだ。分かっか、キク。血が繋がってねえからって、家族になれねわけじゃね。俺は、おめを、家族として、ちゃんと怒る。おめが腹立てるくれ、鬱陶しいぞこらって怒鳴り返してくるくれ、ちゃんと、怒るすけ。」

　かぞく、という言葉が恥ずかしくて、私はやっぱり、サッサンを見られないでいた。

「らすけ大丈夫ら。おめは、先回りして、恥かかないように、迷惑かけないように、なんて考えなくていいんらて。」

私は声も出せないでいた。でも、その代わり、何度もうなずいた。

「大丈夫らすけの。」

サッサンは、私の頭に、手を置いた。あの、美味しいタレの匂いがした。私のお腹が、ぐうう、と鳴った。

「なーんら、へー治ってきたんねっかね。」

「……お腹すいた。」

「はは、そうらか。退院したら、いーっぺこと肉食え！」

「うん。」

やっと、サッサンを見た。サッサンの髭はやっぱり白くて、皺はやっぱり深くて、ああ、サッサンだ、と思った。なんだ、サッサンが、ここにいるのだ。

「それとな、」

サッサンは、手を自分の膝に置き直した。

「おめさんは、望まれて生まれてきたんだ。」

廊下を、誰かが歩いている。ぱたぱた、という音だから、看護師さんかもしれない。この部屋で年を越すんだ、と、急に思った。

「絶対に、望まれて生まれてきたんだ。キク。」

女の子の名前は、考えていなかった。

でも、みうは、赤ちゃんと、そのそばで泣き続けているだりあを見て、決めた。

「この子、お姉ちゃんと、おんなじ名前にしてもええ？」

だりあは、は、と、声をあげた。小さな目を、これ以上出来ないほど大きく見開いて、そしてまた、大声で泣きだした。その声に、隣の部屋の男の人が、

「うるさいぞ！」

と声をあげたけれど、それに負けない声で、だりあが、

「じゃかましいっ！」

と、怒鳴り返した。みうは、その姿を見て笑った。赤ちゃんを見ると、赤ちゃんも、不思議そうに、だりあの声のする方に、顔を向けていた。女の子を産んで、よかった、と思った。

赤ちゃんは、可愛かった。驚くほど、みうに似ていた。大きな目、ピンク色の唇と、貝殻のような耳たぶ。元々誰だか分からなかった父親の存在が、いよいよ霞《かすか》になった。この子は、私と、お姉ちゃんの子だ、と、みうは思った。

赤ちゃんがおっぱいに吸いつくと、みうは、世界のすべてを手に入れたような気持ちになった。

あんまり美味しそうに吸うものだから、一度、だりあも、みうのおっぱいを吸ったことがあった。でも、

「全然出ぇへん！」

赤ちゃんの力強さに、ふたりで驚いた。

だりあは赤ちゃんを、驚くほど可愛がった。赤ちゃんは元気で、夜泣きをするようになった。何度も何度も、とうとう、一時間に一度は、泣くようになった。だりあは、その度に起きて行って赤ちゃんを抱き上げて、夜中でも、嬉しそうに、相手をした。

「何泣いてるんっ！　分かった、あんた、寝ぼけてるんやろー、ほんなら起き、起き！」

一方、みうは、赤ちゃんを育てるのが、こんなに大変だったことに、驚いた。

お腹が空いたと泣いて、寂しいと泣いて、寒いと泣いて、うんこしたと泣いて、挙句の果てには、眠いと泣く。眠たければ、黙って眠ればいいじゃないか。なのに赤ちゃんは、眠い、眠い、と、ひとしきり泣かないと、気が済まないらしい。

赤ちゃんが奪ったのは、みうの睡眠時間だけではなかった。

出産の後、みうのお腹は垂れ下がり、乳首は黒く、固くなった。あまりの苦しさに、歯

を食いしばったからか、奥歯が欠けて、歯が全体的に、黄色くなったような気がした。臍の周りに濃い毛が生えて、それは全身に広がった。切れた血管は、つながることもなく、白くてつややかだった彼女の太ももで、赤黒く変色していた。

増えた体重も、失った美しさも、赤ちゃんを産めば、すべて元通りになると、みうは思っていた。でも、みうの体型は、変わらなかった。みうは、あまり鏡を見なくなった。

ある日、あんまり泣き続ける赤ちゃんをだりあに預けて、みうは、外へ出た。

「なんかうちらの分からんことで泣いてはるんやろ！　みっちゃんはちょっと気分転換してき！」

隣からは、相変わらず男の人の、「うるさい」や、壁をなぐりつける音が聞こえてきたけれど、だりあはへっちゃらだった。その度に壁を殴り返したり、

「あんたも赤ちゃんやったんやろうが！」

と、怒鳴った。みうは、だりあのことを、心底尊敬してしまった。

久しぶりに、ひとりで外を歩いた。体が軽いことに、驚いた。あの子を身ごもっていた10カ月は、ゆっくりゆっくり体重が増えていたものだから、自分がどんな風に歩いていたかなんて、忘れてしまっていた。でも、赤ちゃんを産んだ今は、「ひとり」の状態で歩くことが、こんなに軽やかなものだったことに、驚いた。

気がついたら、足は自然に、マンションの裏の川に向かっていた。初めは、久しぶりに繁華街に行こうと思っていたけれど、マンションのガラスに映った自分の姿を見て、やめたのだ。

川は、相変わらず細く、小さかった。魚もいなかったけれど、みうは、光る川底に、ゆらめく魚の姿を見たような気がした。今の自分はひとりではない。お姉ちゃんがいるし、可愛い赤ちゃんもいる。なのに、小さな頃、両親の諍《いさか》いから逃げて、ひとり、泥を食べる魚を見ていた頃のように、心細く、不安だった。

家に戻ると、赤ちゃんはだりあの脇腹のあたりで、健やかな寝息を立てていた。だりあも眠っていて、その大きないびきが赤ちゃんを起こすのではないかと心配したけれど、赤ちゃんは、起きなかった。

みうは、ふたりの姿を見て、泣いた。

2カ月ほど経ってから、だりあが働き始めた。家の近くのスーパーで、レジを打っていたけれど、それだけではふたりの生活費や、赤ちゃんの諸々をまかなえないので、週に3度ほど、また繁華街のスナックで働き始めた。嫌な思い出しか残っていない場所で働くのは平気なのか、と、みうが聞くと、だりあは、

「なんか、家に帰って赤ちゃんがおると思うと、世界が違って見えるんよ！」

と言った。

「嫌な思い出とか、しんどかったことがあった場所やのに、家に赤ちゃんがおる、と思ったら、そんなん平気になるねん！　なんでやろ！」

みうは、自分がだりあのように感じられないことが、申し訳なかった。赤ちゃんが夜泣きをすれば腹が立ったし、近所の皆がまた怒るのではないかと、ドキドキした。赤ちゃんを連れてスーパーに行けば、父親のいない子だと言われているような気がしたし、それを察したように赤ちゃんが泣けば、赤ちゃんを、憎く思った。みうにとっても、世界は違って見えるようになった。

ある夜、また、赤ちゃんの泣き声で目が覚めた。

だりあが働き始めてから、みうは、ほとんどの時間を、赤ちゃんとふたりで過ごすことになった。その日も、だりあはまだ帰ってきていなかった。仕事なのだし、その仕事で、自分と赤ちゃんを養ってくれていることは分かっているのに、男の人とお酒を飲んでいるだろうだりあを、お門違いに、恨めしく思った。

「どうしたん、なんで泣くの？」

赤ちゃんは、おっぱいをふくませると、いやいやをするように、顔をそむけた。腹立たしい気持ちでおむつを見たけれど、濡れてはいなくて、揺すってやっても、泣きやまなかった。

「なんでなん、なんでよ？」

みうは、赤ちゃんが生まれてから、続けて2時間以上眠れたことがなかった。いつも、頭が痛かった。

「何なんよ、何が不満なんよ？」

何を求めているというのか。赤ちゃんは、真っ赤な顔をして泣き、泣き、何かに怒っているように見えた。

「怒ってんの、あんた。どういうつもりで怒れるわけ？　あたしがどんな思いして、あんたを産んだと思ってんの。あたしあんな綺麗やったのに、お金も全部自分のために使ってたのに、あんた産んで、全部、全部なくなったんやで。なのに、なんであんたは泣くの。なんで泣くのよ。何が不満なん。」

強く揺すると、赤ちゃんは、みうから逃れるように、ぐう、と背を逸らして、空に手を伸ばした。泣いた。泣いた。

「何が、不満なんよ！」

赤ちゃんの声は、ますます大きく、絶望的なものになった。「うるさい！」「いい加減にしろ！」隣の男の人だけでなく、どこか違う部屋からも、男の人の声が聞こえた。

みうは、今まで自分のことを可愛い、綺麗だと褒め、たくさんの何かを与えてくれた男の人のことを、思い出していた。結局彼らは、みうに何もしてはくれなかった。奪うだけ奪って、去って行った男の人達だった。なのに、今みうは、その男の人達を、心から求めていた。にこっと笑えば、可愛い、美しい、と言ってくれ、それだけで何かを与えてくれた男の人達を、求めていた。

今、腕の中にいる赤ちゃん。自分がどれだけ与えても、与えても、ただ、泣きわめくだけではないか。何が不満なのか。私から、どれほど奪えば、気が済むのか。

彼女は、ふいに、赤ちゃんを落とした。

赤ちゃんは、座布団の上に落ちた。次の瞬間、静かになった赤ちゃんを見て、みうは恐ろしさで、眩暈がした。やってしまった、と思った。

でも、赤ちゃんはまた、火がついたように泣きだした。

「うるさい！」

「殺すぞ！」

「泣きやませろ！」

声を出すことが出来なかった。みうの全身は震えて、冷たい汗が止まらなかった。

みうは、台所に走り込んで、出せる限りの食器を出した。プラスチックのコップ、パンの景品で当たった白い皿、焦げ付いた片手鍋、取っ手の溶けたやかん、変なキャラクターの描かれたカレー皿、「親不孝」と書かれたコーヒーカップ。それらに、狂ったように、自分のお乳を搾り始めた。お乳は、じゅううう、と音を立て、食器の中にこぼれていった。はねたり、溢れてしまったお乳が机を濡らし、みうの顔を汚した。

赤ちゃんは、泣きやまない。

おっぱいは、赤ちゃんが吸ってくれなければ、すぐに張って、痛くなった。赤ちゃんが力いっぱい吸うものだから、乳首は大きく腫れ上がり、醜かった。

自分はこの子のそばにいてはいけない。

みうは、何度も何度も自分のお乳を搾った。爪が伸びていたのか、乳首に傷がついて、血が流れた。もうこれ以上無理だということが分かると、大きなバッグを出し、荷物を詰め始めた。下着、洋服、詰められるものは、少ししかなかった。なんて質素な、みすぼらしい生活を送ってきたのだろう。私はまだ、こんなに若いのに、鏡に映る自分は、なんて、醜いのだろう。

バッグを持って立ち上がったとき、奇跡みたいに、赤ちゃんが泣きやんだ。


あーう、ばうう、うう、あー。

赤ちゃんは、訳の分からないことを言い、みうを見て、指を伸ばした。

涙が溢れた。可愛い、可愛い、大好き。私の、赤ちゃん。

みうは、赤ちゃんを抱き上げる代わり、探しだしたペンで、広告の裏に、殴り書きをした。お姉ちゃんへ、と書いて、止まった。ごめんなさい、と書き、そして、

「この子をよろしくおねがいします。」

と書いた。愛しています、と書きたかったけれど、書けなかった。

私は赤ちゃんを、こんなに愛らしい赤ちゃんを、殺そうとしたではないか。

みうは目についた靴を、震える手で履いた。そして土足のまま部屋に戻り、赤ちゃんの顔を5秒間見てから、弾丸のように、外へ飛び出した。

赤ちゃんは、座布団の上で、あーう、あああ、と、何か話していた。

美しい、美しい、赤ちゃんだった。

°°°

肉子ちゃんが病室に入ってくるのと入れ違いに、サッサンが帰った。

「じゃあなキク。また来るからよ。」

「うん。」

私はその頃には泣きやんでいて、腕につながった点滴は、4分の3ほどになっていた。

「キクりんっ！　目ぇ覚めたかっ！　大丈夫かっ！」

他に誰もいなくてよかった。肉子ちゃんの声は、病室にこだまする。

「大丈夫。」

「そうかそうかそうかっ、手術したからなっ、お腹にちょびっと傷ついたけどなっ、もう大丈夫やでっ、もう痛くないでっ！」

「うん。」

肉子ちゃんは、興奮しているのか、私の手を握って離さない。寒いのに、湿っていて、とても温かい。ぷくぷくと肉のついた、肉子ちゃんの手。

心配かけてごめん、と、言おうとしたら、

「キクりん、ごめんなっ！」

肉子ちゃんに、先に謝られてしまった。

「キクりんのお腹痛いのん、気づいてあげられへんくってっ！」

肉子ちゃんは、自分の声の大きさに驚いたみたいに、目を丸くした。小さな目だけど、ちゃんと丸くなって、その後は、じわじわと、涙が滲んできた。

「ごめんな、ごめんなっ！」

肉子ちゃんは悪くないよ、私が我慢したからだよ、入院費大変でしょう、忙しいときにごめんね。

たくさん、たくさん言いたいことはあったのだけど、言えなかった。口を開くと、また、泣いてしまうと思ったからだ。

「もう大丈夫やからなっ、ごめんなぁっ！」

肉子ちゃんの泣き顔は、ひどい。眉毛が八の字になって、鼻水が溢れ、開いた口には、銀歯がたくさん見える。そして、ふわふわと揺れる、ださい前髪。泣いてしまうと思ったのに、それを見ていると、うっかり、笑いそうになった。

「肉子ちゃん。」

「何？　何やキクりんっ？　しんどいんかっ！」

「ううん。肉子ちゃんは、」

「何やっ？」

「うちの、お母さんと違うんやろう。」

はっ……、という声を出して、肉子ちゃんは固まった。心底驚いて、声も出ない、というような状態だった。私は、その様子を見て、噴き出した。

バレてないと思っていたのか、肉子ちゃんは。

信じられない。そもそも、同じ名前の親子なんて、いるはずもないのに。

「キクりん……。」

「ていうかうち、4歳くらいから分かってたけど。」

「えええええっ！」

「そんな驚く？　だって、全然似てないやんか。親戚にも、会ったことないし。」

「キクりん……。」

「あと、写真も見てん。肉子ちゃんと、もうひとり、女の人の写真。あの人が、うちのお母さんやろ。」

「キ……っ。」

「分かるよ、うちとそっくりやもん。」

「キクりん………。4歳から、分かってたん……？」

「4歳は言いすぎかも、でも、うん、幼稚園のときには、分かってたよ。」

「それを、今まで隠して……？」

「隠してっていうか。」

「あっ！」

肉子ちゃんは、思い当たることがあったのか、私の手を取った。

「キクりん、だから、うちのこと、お母さんって呼ばへんかったん？　ずっと、ニクコちゃんって、そう呼んでたんは……。」

拍子抜けした。思い当たることが、それなのか。

「うーん、まあ、それもあるけど、でも、肉子ちゃんって、似合うやん。」

「キクりん……。」

「あとな、肉子ちゃん。」

「……はい。」

「最近、ずっと電話してるやろ。」

「ぐっ……。」

「あれ、遠慮せんでええんやで、うちに。もっと堂々と電話して。うちは感謝してるねん。ほんまの子やないのに、ここまでちゃんと育ててくれて、いうて、これからも世話になるんやけど。でも、ほんまに感謝してる。だから、うちにどうか、遠慮せんといて。」

「……ぐぅ。」

「お好み焼き男やろ。」

「え。」

「お好み焼き男。」

「何それ、怖い話？」

「違うよ、新しい彼氏やろ？」

「えっ。」

「堂々と電話してよ。肉子ちゃんは肉子ちゃんで、幸せを見つけて。ほんまに、うちは、心から、そう思ってるよ。」

「彼氏ってなに？」

「え。違うの、電話の相手。」

「…………ぶう……。」

「言いにくいん？」

「…………キクりん……、ショック受けんといてな……。」

「えっ……、うん。」

「なっ！」

「……大丈夫やで。」

「あの電話……、キクりんの……、ほんまのお母さんからやねん。」

「えっ。」

心臓が、どきん、と音を立てた。それだけなのに、お腹が張った。私は、本当に、盲腸の手術をしたんだ、と、変なことを思った。

「ショック？　ショック？　でもな、でもな、あの子、ほんまにほんまに、キクりんのこと、大好きやねんでっ！」

「………。」

「あんなっ、あんなっ、みっちゃん結婚してな、最近、やっと子供出来たんやってっ！　みっちゃんもな、大人になってな、愛されて、子供の大切さがひしひしと分かって、いうて、キクりんのこと、大切じゃなかったんやないんやでっ。心から望んで、せやで、赤ちゃんほしい言うて、泣いたんやから！　ただ、若かったんよ、あの子っ。心細かったんよっ！　でもな、この年になって、子供出来てな、自分がどんなにひどいことをしたか、分かったんやってっ！　キクりんのこと、どれだけどれだけ大切か、分かったんやってっ！」

「ひどいこと、ということは、私、捨てられたわけ？」

「……ぶうっ……！」

「あと、親の名前は、みっちゃんと、言うのやな。」

「ぶううっ！」

「いいよ、大丈夫、教えてよ。」

「違うねん、捨てたんやない、捨てたんやないっ！　しんどかったんよ、あの子、若かったし、ほんまに、素直なええ子で……………っ。」

素直なええ子が、実の子を、捨てるだろうか。

「えーっと、うちの、父親は。」

「……ぶう。」

「分からへんのや、父親。」

「たぶん、あの、大阪の…………誰か……。」

「不特定多数なんや。」

「……ぶぅうっ……！」

「糞やなぁ、でも大丈夫。それで？」

「……それでな、みっちゃんとうち、一緒に住んどって、ある日、帰ったら、キクりんだけがおって……っ。」

「おらんくなってたんや、逃げたんや。」

「逃げたんやないよっ！　あの、なんていうか、怖くなったんやと思うんよっ、キクりんのこと、ほんまにほんまに大切にしてたんやでっ！　今も、ずっと、ずっと、思ってるって、言うてたんやからっ！」

「それで？」

「ぶう？」

「それで、電話で、何て言うてるの。」

「…………あの、」

「うちに会いたいとか言うてるん？」

「違うねんっ！　それはさすがに、あの子も、そんなことは出来ひんって。元気かどうかだけ、知りたいって。キクりんが元気かどうかだけ。すごいんやでっ！　どうやってうちの電話番号知ったかって、探偵雇たんやてっ！　ドラマみたいやろ！　それこそ、全国津々浦々、うちらを探したんやでっ、あの子！　それだけ、キクりんのこと、大切に思ってるんやでっ！　運動会も、見に来たんやから！」

そのとき、私は運動会の、無用なフラッシュを思い出した。学校のカメラマンかもしれないけれど、でも私は、あれを撮ったのは、私の「母親」だと、確信した。みっちゃんという名の、私を産んだ女だ。

「肉子ちゃん、あんとき、おにぎり持ってトイレ行ったやろ？」

「……ぎく。」

「ぎくって……。あれは、その女に、あげるためなん。」

「キクりんは、なんで、そんな鋭いん……っ。」

あんたみたいに鈍い人、知らねぇよ。

体勢を立てなおし、肉子ちゃんを真正面から見ると、肉子ちゃんの眉毛は、やっぱり、はっきりと八の字だった。

「みっちゃんな、神戸から、わざわざ来たんやで？　運動会のキクりんを見るためだけに！　そんでな、おにぎり食べながら、泣いたんやで！　キクりんが、あんな可愛くて、立派に育ってて、よかった、て、おいおい、泣いたんやでぇ！　あんな若くて、可愛らしかったみっちゃんが。うう、立派になって……、みっちゃんが……。」

肉子ちゃんって。

「うちな、言うてん。キクりん、幸せかどうか分からんけど、うちがな、うちが、キクりんのために出来ること、全力でするからって！」

肉子ちゃんって。

「でもな、キクりんが、みっちゃんに会いたい、みっちゃんと暮らしたいんやったら、そう言うてええんやでっ！　うち、こんなんやし、ロクな母親や、ないし……、みっちゃんは、今、お金持ちの人と結婚して、幸せらしいし、もしキクりんが一緒に住みたいって言うたら、喜ぶと……思う……し……、そら……ずずずっ、うちはぁ……か、か、悲しいけどぉ……っうう、っぐぐ、でも、キクりんが、キクりんがぁ……、幸せやったらぁ……っ。」

肉子ちゃんって、なんて馬鹿なんだろう。

なんて、なんて、馬鹿なんだろう。

馬鹿だ。馬鹿野郎だ。赤い鼻からどうどうと鼻水を垂らし、眉毛は八の字、口の中に山盛りの銀歯、滝のように涙を流して、それを拭《ぬぐ》う手は、傷だらけじゃないか。

「肉子ちゃん。」

「……ぶぅううっ、キクりんっ!」

「うちは、肉子ちゃんみたいには、なりたくない。」

「ぶふううううっ!」

「人の子供育てて、糞男に騙されてばっかりで、子供を、押しつけて逃げた人まで、かばって。」

「ぶふっぶうううううう……!」

「自分はめっちゃ貧乏で、安い、だっさい服しか、買われへんくて。」

「………ぶうううう……っ!」

「太ってて、不細工で。」

「……ぶう……。」

「言うことおもんないし、頭悪いし。」

「……あの、キクりん……。」

「うちは、肉子ちゃんみたいには、絶対に、絶対に、ぜーったいに、なりたくない。」

肉子ちゃんは、傷だらけの、福々しい手で、自分の頬を覆っている。やっぱり、不細工だ。肉子ちゃんは、佇まいそのものが、不細工なのだ。

「でもな。」

私は、鼻水と、涙だらけの、肉子ちゃんの手を取った。肉子ちゃんと対照的に、私は、ちっとも泣いていなかった。

「うちは、肉子ちゃんのことが大好き。」

その途端、肉子ちゃんは、私のベッドに、ばうん、と顔をついた。大きな大福が、空から落ちてきたみたいだった。

「ばあああああ、ばあああああん、キクりぃいいいいんっ！」

「大好きやで、肉子ちゃん。」

「ばあああああああああ、ばああああああああっ！」

「肉子ちゃん。」

やっぱり、病室に誰もいなくてよかった。

「大好き。」

「ばあああああああああああああああっ！」

顔をあげた肉子ちゃんは、不細工を通り越して、もう、特撮みたいだ。泣きたかったのに、肉子ちゃんを見ていたら、どうしても、笑ってしまう。お腹の底から、朗らかな笑いが、溢れてくるのだ。それが、肉子ちゃんなのだ。

「大好き。」

「ばあああああああああああああああっ！」

あんまり醜いものだから、私は思わず、肉子ちゃんから、目を逸らした。ごめん。でも、そのおかげで、窓の外に、ちらりと白いものが見えた。

「あ。」

雪だった。白い。こんなに白かったっけ。雪は、一度降ったと思ったら、あとから、あとから降下してきた。


ばあああああああああああっ、ばああああああああああっ！

やっぱり、かっこいい。雪は、かっこいい。

私のそばでは、肉子ちゃんが、いつまでも、いつまでも、泣き続けていた。


家族をなくした三つ子は、今夜が、クリスマスだということを、知っていた。

いつの間にか、正月よりも、賑やかになってしまったこのクリスマスというものは、自分たちの欲しいものを、サンタクロースが持ってきてくれる日なのだそうだ。

三つ子の願いは、ひとつで、ひとつだけで、それがいつ叶えられるのかは、分からない。もう死んでしまった三つ子は、それでも待つ。漁港に座って、海を見て、この海の向こうから、自分たちの家族が帰ってくることを、いつまでも、待つのだ。いつまでも。


肉子ちゃんが、隣のベッドで眠っている。泣き疲れたのか。赤ん坊みたいだ。

「すごおおおおおい。すごぉおおおおおおいいいいいいっ！」

看護師さんに特別に許可をもらって、肉子ちゃんはこの病室に泊まっていくことになった。ベッドで寝るのは初めてだと、散々はしゃいで、横になった数秒後には、いびきをかいていた。ついさっきまで、ばあああああ、と、訳の分からない号泣をしていた人には、見えなかった。

肉子ちゃんは、家から小説を数冊持ってきてくれていた。でも、全部読んだものだった。「月と六ペンス」「きりぎりす」「孤独の発明」、そして、運動会で借りた「峠　上」。

肉子ちゃんに「峠　上」を貸したお爺さんが、「似合うからあげる」と言ってくれたのだ。「峠　上」が「似合う」女、て、どんなだ。

読んだのは最近である。肉子ちゃんのことだから、

「キクりんに本持ってってあげなっ！　あっ、これ知ってる、これも見たことあるっ！　これもっ！」

そんな風に選んだのだろう。「知ってる」「見たことある」のは、私が読んでいたからだということに、気づかないのである。

同じ本を何度も読むのは好きだけど、数ページを開いて、やめた。私は、ベッドサイドに置いてあるテレビをつけた。どうせ入院費用を取られるのだ。利用できるものは、とことんまで利用しないと、損だ。

そのとき、手が滑って、リモコンを落とした。リモコンは、がつん、と音を立てて、隣のベッドの下に、滑って行った。

「やばい。」

そう言った途端、サッサンと、皆で食べた、ミスジの味を思い出した。あれは、本当に、「やばい」味だった。

そう思った瞬間、ぽろりと、涙が出た。

驚いた。

悲しい、のとも、感動した、のとも違う。でも、私の与《あずか》り知らない、とてつもなく大きなものに対峙《たいじ》したときのように、胸が震えた。

私は、何かに圧倒されていた。

肉子ちゃんの前では、怖くなるほど冷静だったのに、今、私はやっと泣いた。涙が、あとからあとから零れて、窓の外の、雪みたいだった。

「ほんまはな、漢字も、うちとおんなじ、菊子やってんでっ。でもな、うちの戸籍に入れるとき、こっそり変えてん、漢字っ。それくらいは、許してもらえるやろっ？　喜久子。喜びに久しい子と書いて、喜久子と読むのやからっ！」

私の隣では、そんな風に言って泣いた、私のお母さんが、いびきをかいている。

今日は、クリスマスだ。


みんな、お見舞いというものが初めてなのか、興奮していた。

マリアちゃんは、信じられないくらい綺麗なお花を持ってきてくれたし、リサちゃんは、マリアちゃんに借りる漫画の順番を、先に譲ってくれた。金本さんは、好きな芸人のDVDを持ってきてくれた。病室では見られないと分かって、ネタを事細かに再現してくれたけれど、やる前から笑っているので、ちっとも面白くなかった。

「キクりん、どう？　面白いけ？」

「面白いよ。」

「でも、笑ってなくない？」

「笑うと、傷跡が痛いっけさ。」

盲腸って助かる。この言い訳は、あと半年くらい使えるなと思った。

来る人はみんな、手術の跡を見たがった。

マキさんも見たがるので、驚いた。マキさんは大人な女の人だと思っていたから。でもすぐに、「デュープ」の悪口を言うマキさんを、思い出した。

「ちゃんとした大人なんてんがんも、いねぇて。」

サッサンは、大人を通り越して、もうお爺ちゃんだ。お爺ちゃんになれば、やっと、ちゃんとした人間になるのだろうか。そもそも、ちゃんとした人間って、何なのだろう。

お腹を見せると、みんな、うわあ、と、声を出した。子供だなぁ、と思った。でも、すぐに、傷跡を見せて得意になっている自分も、子供だと思った。

二宮は、退院する前日にやってきた。

「んーなよろっと、見舞いに飽きた頃ろ。そういうときに来るのが、俺らな。」

納得したようにそう言った。意味が分からなかった。

二宮は、お土産にプラモデルを持ってきたけれど、それは私があげた城のプラモデルだったし、退院前日に渡されても困る、と突っぱねた。

「模型、まだ作ってる？」

「作ってるて。冬休みだすけな！」

冬休みだから何だよ。二宮は、頭をぐしゃぐしゃに掻いて、舌を出したりひっ込めたり

した。そして、何故か、

「べろべろべろーっ！」

と言った。私は、変な霊媒師のダリシアを思い出した。みーんな、家族っ、と叫んだ、髭の生えたダリシアと、病室で、テレビを見て笑っていた肉子ちゃんが、重なった。

ばさあっ、と音がした。見ると、庇《ひさし》につもっていた雪が、落ちた音だった。

「二宮ってさ、」

「何？」

「本当に変らよね。」

「なんらて。」

「他の人には、そういう変なとこ見せないいん。」

「だって、お前といると気ぃが楽らっけな。」

「なんでよ。」

「だって、お前もすげぇ変だから。」

「私が？　どこがよ？」

「だって、すんげひとりごと言うねっけ。カモメが通ったら、えっきょうー！　て叫ぶし、トカゲがいたら、遅れる遅れる遅れるって叫んだりの。」

「…………。」

「お前の方が、しかもか変らて。」

「だって、そんな風に言うと、賑やかじゃん。」

「なんらそれ。ぶうっ！」

二宮は、頬をぷっくり膨らませた。膨らませた勢いで、唾がぴよーんと飛び出した。二宮は、よく唾が溜まる。興奮して話すと、口の両端で、ぶくぶくと泡立っていることがあって、一度、女子の前でそんな風に話したら絶対にだめだ、と、注意した。

二宮は、口を大きく開けて、天井の方に、ぐう、と首を伸ばした。ベッドの近くには、ストーブがあって、上に乗ったやかんが、しゅんしゅんしゅんしゅん、と音を立てている。

「あーさっきから超退屈らーっ！」

「二宮……よくもそんな……。」

「病院って退屈だなぁ。ばあっぱあっ！」

二宮は、両手を大きく広げた。目を見開いて、叫んだ。

「はーえこと退院しれよーっ！」

私は、二宮が作った、立派、立派すぎる模型を、思い出していた。

少し遅くなったけれど、退院してからしばらくして、肉子ちゃんと、エロ神社に初詣に行った。

明日から新学期、皆から年賀状が届いていたけれど、もちろん、私は一枚も書いていなかった。それも、盲腸のせいに出来る。

神社には、数人が初詣に来ていた。たくさんの犬を連れた人が階段をあがっていて、すぐに金子さんだと分かった。

「キクりんっ！　何お願いするん？」

「えー、そんなん人に言わん方がええねんで。」

「うちのん教えたろかっ？」

「話聞いてた？」

「うちのお願いはぁ……、な、い、しょ、やでっ！」

「まじでうざい。」

「内の糸者と書いて、内緒と読むのやからっ！」

「いとものって何よ。」

階段をあがっているとき、ふと、写真家のことを思い出した。数カ月前、彼がここにいたことが、信じられなかった。そして、あの、美しい女の子が、ここに座っていたなんて、夢を見ていたみたいだった。

ほんの数カ月前のことなのに、あのときの自分と、今の自分は、全然、違う。そう思うと、不思議だった。おっぱいはぺたんこで、脚は細くて、髪だって、そんなに伸びていない。でも、あのときの私は、もうここにはいないのだ。そのことが、奇跡みたいに思えた。

金子さんが連れてきた犬達は、さい銭箱に飛びついたり、鐘に繋がった縄に嚙みついたり、好き放題していた。たぶん、誰かの犬なのだろう。金子さんが預かっているのだ、きっと。飼い主は、しつけがなっていない、お前の怠慢のせいでワンコちゃんが皆に嫌われるじゃねぇか、と、怒られることになるだろう。

私は、金子さんが大好きだ。

肉子ちゃんとふたり、並んで手を合わせた。肉子ちゃんは、神社の参拝の仕方を知らなくて、ちらちらと、私を見てきた。目をつむると、どこか遠くで、きい、と猿の声が聞こえた。肉子ちゃんに見えないように、私は少し笑った。

「キクりんっ、何祈ったん？」

「だから、話聞いてなかった？　そういうのは、人に言うたらあかんねんで。」

「お母さん、手合わせると、頭真っ白になって、こんにちは、しか言われへんかったわっ！」

「阿呆やなぁ。」

「もったいないわーっ！」

「でも、ちょっと分かる。」

まっすぐ家に帰りたがる肉子ちゃんを誘って、漁港に行った。肉子ちゃんは、寒い、寒い、太ってても寒い、と駄々をこねたけれど、聞いてあげなかった。

「ちょっとは運動せなあかんやろ。」

三つ子は、いなかった。

漁港には誰もいなくて、静かだった。波の音だけが聞こえて、それは時々、ざぶん、と、大げさな音を立てた。とても青い。

「めっちゃ海やなぁっ！」

「何その感想。」

私は、海の溝を見た。青から、もっと強い青になっている場所を見た。きっとイワシが渦を巻いているのだろう。私は、自分がイワシの渦に突っ込んでゆくところを想像した。イワシは、ぱあっと分かれ、また元に戻るはずだ。1匹の生き物のように。

「肉子ちゃん。」

「何っ。」

「また水族館行こうな。」

「ええなっ！　ペン太に会いに行こなっ！」

「ほんで、帰りにコーヒー飲んで、夜は、家でミートスパゲッティ作って食べような。」

「ええなっ！　ミートスパっ！」

「スパって言い方、めっちゃださいで。」

「そんなん言うから、食べたなってきたやんかっ！　帰ろ帰ろ帰ろ帰ろっ！」

肉子ちゃんが、私の手を引っ張った。あれだけ寒がっていたのに、肉子ちゃんの手は、とても熱かった。

家の庭に入った途端、お腹が痛くなった。

「お腹が痛い。」

「えっ！　まだ治ってへんのんかなっ、無理させたからかなっ！」

「大丈夫、あの痛みとは、違う。」

肉子ちゃんに手をひかれて、ゆっくりと扉をあけた。

靴を脱いで、トイレに向かう頃から、もう、予感があった。はっきりと。

パンツをおろすと、赤い染みがついていた。私は驚かなかった。

もう始まった、とか、やっと始まった、とか、怖い、とか、恥ずかしい、とか、そういう感情は、どれも当てはまらなかった。

「キクりんっ、大丈夫？　大丈夫っ？」

扉の向こうで、肉子ちゃんがやかましい。私は、うん、大丈夫、と小さな声で言い、じっと、赤い染みを見た。

「肉子ちゃん。」

名前を呼んだ。肉子ちゃんは、なにっ、と、扉を開けた。足元までパンツをおろして、便器に座り込んでいる私を、肉子ちゃんは見た。

「キクりん。」

私は、肉子ちゃんを見て、笑った。そして、また、パンツを見た。

そこには、真っ赤な血があった。

赤すぎて、少し黒みがかった、私の、誰かの、血だった。

肉子ちゃんは、すう、と息を吸って、初めて、小さな声で、おめでとう、と言った。

あとがき

肉子ちゃん、喜久子ちゃん母娘が住んでいる漁港は、宮城県石巻市が、モデルになっています。物語の設定上、途中から、日本海側の、とある漁港、もっと進化して、完全なる空想上の漁港になりましたが、元々は、編集の日野淳さんの故郷である石巻市に、同じく編集の木原いづみさんと三人で旅をしたことが、この物語が生まれるきっかけでした。

日野さんのご実家にお邪魔して、お父さんに車を運転してもらって、私達は石巻をぐるりと回りました。立派な水産加工場、大きな船の模型のある公園、可愛い商店街や、怪しげなスナック街。夜には、日野さんの同級生の方に美味しい料理屋に連れて行ってもらって、そのあとには女の子のいる店にも行きました。魚はとても美味しくて、女の子達は可愛く、飲み代は息を呑むほど安かった。石巻には一泊して、それから松島を回ったり、美味しいお寿司を食べたりしました。

女川の漁港に立ち寄ったとき、寂れた焼き肉屋を発見しました。「いくら漁港で魚が美味しくたって、たまには肉も食べたくなるわな」と、微笑ましく思いました。そして帰り道、その焼肉屋が頭から離れず、あの店で、すごく太っていて、とても明るい女の人が働いていたら楽しいな、なんて、ずっと想像していました。その女の人を慕って、街の人、漁師さんや、商店街の人や、小さな子供までが、その焼き肉屋に集まっていたらいいのに。すごく太っていて、とても明るい女の人、は、肉子ちゃんになり、漁港の人々は、サッサンやマキさん、ゼンジさんになりました。

こうして「漁港の肉子ちゃん」は生まれたのです。

書きあげて数カ月後、この物語をパピルスで連載している最中、地震が起きました。

石巻や女川がどのようなことになったのかは、皆さんの知る通りです。

石巻だ、ということは明言していないし、結果この世界のどこにも存在していない街の話にはなったけれども、元々モデルにした街、それも、自分の地元があのような状況にあるときに、この小説を連載するのはお辛いのではないか、と思いましたが、日野さんは、「続けましょう」と、言ってくださいました。

小説は、例えばひとつのおにぎりに、何を尽力したってかなわないのだということは、地震が起こる前から、分かっていました。いいえ、分かっていた「つもり」でした。ですがやはり、あの地震は、わずかでも残っていたのだろう、自分の作家としての何らかの嫌らしい自負を、打ち砕くものでした。

ただ、「漁港の肉子ちゃん」という「物語」は、残る。それが誰の力になるのかなどを考えるのは、やめよう、出来た物語を、キラキラした石巻のおかげで生まれた「漁港の肉子ちゃん」を、私は慈しもうと思いました。書いた私に、すべての責任がありますその分、この物語をいちばん愛しているのは、私です。

こんなに愛している作品を、私以外の誰かが読むこと、奇跡みたいなそのことを、知っていた「つもり」にならないで、私は誰かがページを繰る瞬間を、考えようと思います。

あなたが、「漁港の肉子ちゃん」を読んでくださった、ということを、私はずっと、考えようと思います。

この作品は、パピルス35号（２０１１年４月号）〜37号（11年８月号）に掲載されたものに、加筆修正したものです。

漁港の肉子ちゃん

二〇一一年八月三十一日　第一刷発行

著者　西加奈子
発行者　見城徹
発行所　株式会社幻冬舎
〒一五一―〇〇五一　東京都渋谷区千駄ヶ谷四―九―七
電話〇三―五四一一―六二一一（編集）
〇三―五四一一―六二二二（営業）
振替〇〇一二〇―八―七六七六四三
印刷・製本所　中央精版印刷株式会社
検印廃止

ISBN978-4-344-02049-8　C0093
幻冬舎ホームページアドレス http://www.gentosha.co.jp/
この本に関するご意見・ご感想をメールでお寄せいただく場合は、comment@gentosha.co.jp まで。